O SOBRINHO
DO MÁGICO

C. S. LEWIS

As Crónicas de Nárnia

O SOBRINHO DO MÁGICO

Volume I

Ilustrações de Pauline Baynes

www.narnia.com

FICHA TÉCNICA

Título original: *The Magician's Nephew — The Chronicles of Narnia*
Autor: *C. S. Lewis*
Copyright © CS Lewis Pte Ltd 1955
Ilustrações das páginas interiores: Pauline Baynes © CS Lewis Pte Ltd. 1950, 1951, 1952, 1953, 1954, 1955, 1956
Ilustrações da capa e contracapa: Pauline Baynes © CS Lewis Pte Ltd. 1963, 1959, 1965, 1962, 1965, 1965, 1964
Narnia e The Chronicles of Narnia são marcas registadas de CS Lewis Pte Ltd.
Edição publicada por Editorial Presença sob licença de The CS Lewis Company Ltd.
Tradução © Editorial Presença, Lisboa, 2003
Tradução: *Ana Falcão Bastos*
Revisão de texto: *Carlos Grifo Babo*
Composição, impressão e acabamento: *Multitipo — Artes Gráficas, Lda.*
1.ª edição, Lisboa, Abril, 2003
Depósito legal n.º 191 097/03

Reservados todos os direitos
para Portugal à
EDITORIAL PRESENÇA
Estrada das Palmeiras, 59
Queluz de Baixo
2745-578 BARCARENA
Email: info@editpresenca.pt
Internet: http://www.editpresenca.pt

À família Kilmer

ÍNDICE

1. A porta errada 11
2. Digory e o tio 22
3. O Bosque entre os Mundos 30
4. O sino e o martelo 38
5. A Palavra Execrável 48
6. O tio Andrew metido num sarilho 58
7. O que aconteceu à porta de casa 67
8. A luta junto ao candeeiro 77
9. A fundação de Nárnia 85
10. O primeiro gracejo e outros assuntos 95
11. Digory e o tio em apuros 104
12. A aventura de Strawberry 113
13. Um encontro inesperado 123
14. Digory planta a árvore 132
15. O fim desta história e o princípio de todas as outras .. 140

1
A PORTA ERRADA

Esta história é sobre uma coisa que se passou há muito tempo, quando os vossos avós eram pequenos. É uma história muito importante porque mostra como começaram as idas e vindas entre o nosso mundo e o reino de Nárnia.

Nesse tempo, Sherlock Holmes ainda vivia em Baker Street e os Bastables andavam à procura de um tesouro na estrada de Lewisham. Os rapazes tinham de usar todos os dias um colarinho engomado e, de um modo geral, as escolas eram muito mais desagradáveis do que hoje. No entanto, as refeições eram melhores, e, quanto aos doces, nem vos digo como eram baratos e bons, pois isso só serviria para vos deixar com água na boca. Nesse tempo vivia em Londres uma rapariguinha chamada Polly Plummer.

Polly morava numa casa de uma longa fileira de casas, todas iguais. Uma manhã, estava ela no quintal das traseiras quando a cara de um rapaz lhe apareceu por cima do muro do jardim contíguo. Polly ficou muito admirada, pois até então não tinha visto miúdos nessa casa, mas apenas o Sr. Ketterley e a irmã, dois velhos solteirões que moravam juntos. Por isso ergueu os olhos, cheia de curiosidade. O rosto do desconhecido estava tão sujo que parecia que ele tinha esfregado as mãos na terra, desatado num pranto e depois enxugado a cara às mãos. Na realidade, era mais ou menos isso o que acontecera.

— Olá! — disse Polly.
— Viva! — respondeu o rapaz. — Como te chamas?
— Polly. E tu?
— Digory.
— Que nome tão esquisito!
— Polly ainda é mais esquisito.
— Não é nada.
— Ai isso é.

— Olha, pelo menos, eu lavo a cara — continuou Polly —, que era o que tu precisavas de fazer, sobretudo depois de teres estado… — Foi então que se interrompeu. Ia a dizer «depois de teres estado numa choradeira», mas pensou que era indelicado.

— Pois estive, e depois? — perguntou Digory num tom de voz ainda mais estridente, tão infeliz que já nem se importava que soubessem que tinha estado a chorar. — Tu terias feito exactamente o mesmo se tivesses vivido toda a vida no campo, onde tinhas um pónei e um rio ao fundo do jardim e depois te tivessem trazido para viveres num buraco como este.

— Ora, Londres não é buraco nenhum — retorquiu Polly, indignada.

O rapazinho estava, porém, demasiado perturbado para lhe dar atenção e prosseguiu:

— E se o teu pai estivesse na Índia e fosses obrigada a viver com a tua tia e o teu tio que, ainda por cima, é maluco? Gostavas? E se isso acontecesse porque a tua mãe precisava de alguém que tratasse dela porque estava doente e talvez fosse... fosse... morrer? — Nesse momento o seu rosto contorceu-se como quando estamos a tentar conter as lágrimas.

— Desculpa. Não sabia — retorquiu Polly com humildade. — O Senhor Ketterley é mesmo maluco? — perguntou, por não saber o que dizer e também para atrair o espírito de Digory para coisas mais alegres.

— Bem, se não é maluco, tem de haver um mistério qualquer. Ele tem um escritório no último andar e a tia Letty disse-me que nunca lá fosse. Isso já é bastante suspeito, mas ainda há outra coisa. Sempre que ele tenta falar comigo às refeições (e olha que ele nem sequer fala com a minha tia), ela manda-o logo calar e diz: «Não aflijas o rapaz, Andrew»; ou: «De certeza que o Digory não está interessado nisso»; ou ainda: «Então, Digory, não te apetece ir brincar um bocadinho lá para fora?»

— Que espécie de coisas tenta ele dizer-te?

— Não sei. Ele nunca adianta grande coisa. Mas há mais. Uma destas noites (na realidade, foi a noite passada), quando eu ia a passar pelas escadas que levam ao sótão a caminho da cama (e digo-te que não me agrada nada passar por lá), tenho a certeza de que ouvi um grito lá em cima.

— Hum... Talvez ele seja casado com uma louca e a tenha lá trancada.

— Também já pensei nisso.

— Ou então vais ver que é um falsário.

— Ou se calhar foi um pirata, como o homem no princípio de *A Ilha do Tesouro*, e está sempre escondido dos antigos companheiros de bordo.

— Que emocionante! — exclamou Polly. — Não sabia que a tua casa era tão interessante.

— Talvez te pareça interessante, mas não lhe achavas piada nenhuma se lá tivesses de dormir. Gostavas de estar deitada, acordada, a ouvir o tio Andrew percorrer pé ante pé o corredor para onde dá o teu quarto? E os olhos dele são tão medonhos!...

Foi assim que Polly e Digory se conheceram. E, como era o princípio do Verão e nem um nem outro iam para a praia nesse ano, passaram a encontrar-se quase todos os dias.

As suas aventuras começaram principalmente porque se estava num dos verões mais chuvosos e frios de sempre, o que os levava a fazer coisas dentro de casa, ou, melhor dizendo, explorações portas adentro. É maravilhoso o que se pode explorar apenas com um coto de vela numa casa grande, ou numa fila de casas. Polly descobrira havia muito que, se abrisse uma determinada portinha no quarto de arrumações do sótão de sua casa, havia uma cisterna e um lugar escuro por detrás dela, onde se podia entrar trepando com cautela. Esse lugar escuro era como um longo túnel com uma parede de tijolo de um lado e um telhado inclinado do outro. Por entre as telhas entravam réstias de luz. O túnel não tinha soalho: era preciso passar de uma trave para outra e entre elas havia apenas estuque. Se se poisasse um pé aí, furava-se o tecto e caía-se para o quarto de baixo. Polly tinha utilizado uma parte do túnel mesmo ao lado da cisterna para fazer uma caverna de contrabandistas. Levara para lá tábuas de caixotes velhos, assentos de cadeiras partidas e coisas do género, que espalhara entre as vigas de modo a fazer uma espécie de soalho. Aí guardara um cofre que encerrava vários tesouros, uma história que andava a escrever e, em geral, umas

quantas maçãs. Não tinham sido raras as vezes em que, no meio do silêncio, bebera uma garrafa de gasosa, e as garrafas velhas faziam com que o local se assemelhasse ainda mais a um antro de contrabandistas.

Apesar de Polly não o deixar ver a história que andava a escrever, Digory gostou da caverna, embora estivesse mais interessado em explorações.

— Olha lá. Aonde vai dar este túnel? — perguntou. — O que quero saber é se acaba no fim da tua casa.

— Não — esclareceu Polly. — As paredes não chegam ao telhado. O túnel continua, não sei até onde.

— Então, se calhar, podemos percorrer toda a fila de casas da rua.

— Pois podemos — respondeu Polly. — Ah! E olha cá...

— O quê?

— Podíamos *entrar* nas outras casas.

— Pois, para nos tomarem por ladrões! Não, obrigado.

— Não sejas medricas. Estava a pensar na casa a seguir à tua.

— E que é que isso muda?

— A casa está vazia! O meu pai diz que tem estado sempre vazia desde que viemos para cá.

— Nesse caso, acho que devíamos ir dar uma vista de olhos — respondeu Digory, muito mais entusiasmado do que o seu tom de voz deixava transparecer.

Tanto ele como Polly estavam a tentar descobrir, tal como vocês também teriam tentado, porque diabo estaria a casa vazia há tanto tempo. Nenhum deles proferiu a palavra «assombrada», pois ambos sentiam que, uma vez que tal tivesse sido sugerido, seria uma fraqueza não a explorar.

— Vamos experimentar agora? — sugeriu Digory.

— Está bem — concordou Polly.

— Se não te apetecer, não venhas.

— Eu estou pronta, se tu também estiveres.

— Mas como vamos saber que estamos na casa a seguir à minha?

Decidiram que tinham de sair para o quarto de arrumações e de o atravessar com passos do comprimento da distância que separava uma trave da seguinte. Isto dar-lhes-ia uma ideia de quantas traves havia numa divisão. Depois dariam um desconto

de mais quatro para a passagem entre os dois sótãos da casa de Polly e, seguidamente, para o quarto da criada, contariam o mesmo número que para o quarto de arrumações. Isso daria o comprimento da casa. Quando tivessem percorrido essa distância duas vezes, estariam no fim da casa de Digory; qualquer porta que encontrassem a seguir permitir-lhes-ia entrar no sótão da casa vazia.

— Mas olha que não conto encontrá-la mesmo vazia — disse Digory.

— Então de que estás à espera?

— De que viva lá alguém em segredo, que só saia e entre à noite, com uma lanterna. Provavelmente vamos descobrir um bando de criminosos e receber uma recompensa. Seria um disparate a casa estar vazia todos estes anos se não houvesse um mistério qualquer.

— O meu pai pensa que talvez seja por causa dos canos — disse Polly.

— Pfff! Os adultos estão sempre a arranjar complicações desinteressantes.

Agora que estavam a falar à luz do dia no sótão, e não à luz de uma vela na Caverna dos Contrabandistas, parecia-lhes muito menos provável a casa vazia estar assombrada.

Depois de terem medido o sótão tiveram de arranjar um lápis para fazer a soma. Começaram por obter resultados diferentes e, mesmo quando chegaram a acordo, não estou seguro de que tivessem a conta certa. É que estavam ansiosos por iniciar a exploração.

— Não podemos fazer o menor ruído — advertiu Polly enquanto iam trepando de novo para trás da cisterna. Dado ser uma ocasião tão importante, levavam uma vela cada um, pois Polly tinha uma boa reserva na caverna.

Era tal a escuridão, a poeira e a corrente de ar, que eles passavam de uma viga para a seguinte sem proferirem palavra, excepto quando sussurravam um para o outro: «Agora estamos em frente do teu sótão», ou «Devemos estar a meio da casa vazia.» Nenhum deles tropeçou, as velas não se apagaram e, por fim, ambos chegaram a um sítio onde avistaram uma portinha na parede de tijolos, à direita. Desse lado não havia tranca nem maçaneta, pois a porta tinha sido feita para entrar, não para sair; mas havia um fecho de correr, como os que tantas vezes se encontram no interior da porta de um armário, e ambos tiveram a certeza de que conseguiriam abri-lo.

— Que dizes? Experimento? — perguntou Digory.

— Eu estou pronta, se tu também estiveres — confirmou Polly, como já antes fizera.

Ambos tinham a sensação de que aquilo se estava a tornar muito sério, mas nenhum estava disposto a recuar. Digory correu o fecho com alguma dificuldade. A porta abriu-se de par em par e a súbita luz do dia fê-los pestanejar. Então, com um sobressalto, viram que estavam, não num sótão vazio, mas numa sala mobilada, embora sem ninguém lá dentro. O silêncio era de morte, mas a curiosidade de Polly foi mais forte do que ela. Apagou a vela e entrou na sala desconhecida, sem fazer mais barulho que um rato.

Como é evidente, a divisão tinha a forma de um sótão, mas estava mobilada como uma sala de estar. Cada pedaço de parede estava revestido de prateleiras e cada pedaço de prateleira repleto de livros. A lareira estava acesa — lembrem-se de que esse Verão era muito frio e chuvoso — e à frente da lareira, de costas para eles, encontrava-se um cadeirão de espaldar alto. Entre o cadeirão e Polly, e enchendo quase todo o resto da sala, via-se uma grande mesa onde se empilhava toda a espécie de coisas: livros impressos e cadernos, tinteiros e canetas, lacre e um microscópio. Mas no que ela reparou primeiro foi numa bandeja de um vermelho-vivo contendo uns quantos anéis. Estes encontravam-se aos pares — um amarelo e um verde juntos, depois um pequeno espaço e logo outro amarelo e outro verde. Não eram maiores do que anéis vulgares e só não passavam despercebidos por serem tão reluzentes. Eram as coisinhas mais belas e mais cintilantes que imaginar se pode e, se Polly ainda fosse muito pequenina, teria tido vontade de meter um na boca.

Era tal o silêncio que se ouvia nitidamente o tiquetaque do relógio. Porém, como Polly descobriu, o silêncio não era absoluto, pois ouvia-se algures um zumbido ténue, mesmo muito ténue. Se, nesse tempo, os aspiradores já tivessem sido inventados, ela teria pensado que se tratava de um a funcionar muito ao longe, a várias divisões de distância e vários andares abaixo. Mas era um som mais agradável, mais musical, só que tão débil que quase não se dava por ele.

— Não há problema; não está aqui ninguém — disse Polly por cima do ombro, num tom de voz pouco mais alto do que um murmúrio.

— Isto não me agrada — comentou Digory a pestanejar e, tal como Polly, todo sujo. — A casa não está vazia. É melhor irmos embora antes que alguém apareça.

— Que te parece ser aquilo? — perguntou Polly apontando os anéis coloridos.

— Anda lá. Quanto mais depressa...

Não concluiu o que ia dizer, pois nesse momento aconteceu uma coisa. O cadeirão de espaldar alto em frente da lareira moveu-se de repente e dele ergueu-se — como um diabrete saindo de um alçapão — a silhueta assustadora do tio Andrew. Oh! Não se encontravam na casa vazia, mas sim na casa de Digory, no escritório proibido! As duas crianças exclamaram «O... o... oh!» ao compreenderem o erro terrível que haviam cometido e ao perceberem que não tinham avançado o suficiente pelo sótão.

O tio Andrew era alto e muito magro. Tinha um rosto comprido e barbeado, com um nariz pontiagudo, olhos extremamente brilhantes e uma grande cabeleira grisalha e desgrenhada.

Digory ficou sem fala, pois o tio Andrew estava com um ar mil vezes mais inquietante do que alguma vez o vira. Polly não estava ainda tão assustada, mas em breve viria a estar, pois a primeira coisa que o tio Andrew fez foi dirigir-se à porta da sala, empurrá-la e dar a volta à chave na fechadura. Depois virou-se, fitou as crianças com os seus olhos cintilantes e esboçou um sorriso que lhe deixou todos os dentes à mostra.

— Pronto! Agora já a pateta da minha irmã não pode deitar-te a mão! — exclamou.

Aquela atitude pareceu-lhes terrível, muito diferente da que esperavam de um adulto. O coração de Polly desatou aos saltos e ela e Digory começaram a recuar em direcção à portinha por onde tinham entrado. Mas o tio Andrew foi mais rápido que eles e, passando-lhes por detrás, fechou também essa porta e colocou-se de pé em frente dela. A seguir esfregou as mãos e fez estalar os nós dos dedos, uns dedos compridos e de um branco extraordinário.

— Estou encantado por vos ter aqui — disse. — Duas crianças era mesmo aquilo de que estava a precisar.

— Por favor, Senhor Ketterley — suplicou Polly. — São quase horas de jantar e tenho de ir para casa. Não se importa de nos deixar sair?

— Ainda não — respondeu o tio Andrew. — É uma oportunidade demasiado boa para a desperdiçar. Precisava mesmo de duas crianças. Estou a meio de uma grande experiência, percebem? Usei um porquinho-da-índia e pareceu resultar. Só que um porquinho-da-índia não nos entende e não é possível explicar-lhe como regressar.

— Olhe, tio Andrew — disse Digory —, são mesmo horas de jantar e não tarda que andem à nossa procura. Tem de nos dexar ir embora.

— Tenho? — perguntou o tio Andrew.

Digory e Polly olharam-se de relance. Não se atreviam a proferir palavra, mas os seus olhares queriam dizer «Isto não é terrível?» e «Temos de o convencer.»

— Se nos deixar ir agora embora — disse Polly —, podemos voltar depois de jantar.

— Ah, mas como posso ter a certeza de que voltam? — perguntou o tio Andrew com um sorriso astuto. — Bem, bem, se têm mesmo de ir, é melhor que vão — disse, parecendo mudar de ideias. — Não podia esperar que dois jovens como vocês achassem divertido falar com um velho tonto como eu. Não fazem ideia de como por vezes me sinto só — prosseguiu com um suspiro. — Mas não faz mal. Vão lá jantar. De qualquer maneira, vou dar-te um presente antes de partires, Polly. Não é todos os dias que tenho a alegria de ver uma rapariguinha no meu velho escritório sombrio; sobretudo, se me permites a liberdade, uma jovem tão bonita como tu. — Polly começou a pensar que, afinal, talvez ele não fosse assim tão louco como parecia. — Gostavas de ter um anel, minha querida? — perguntou o tio Andrew.

— Está a falar de um desses amarelos ou verdes? Que maravilha!

— Os verdes não — disse o tio Andrew. — Não posso desfazer-me dos verdes. Mas é um prazer oferecer-te um dos amarelos. Uma recordação minha. Anda cá experimentá-lo.

Agora Polly já não se sentia assustada e estava certa de que aquele cavalheiro de idade não era maluco. E sem dúvida que havia naqueles anéis resplandecentes um estranho fascínio. Aproximou-se da bandeja.

— Olha! — exclamou. — O zumbido torna-se mais forte aqui. É quase como se fossem os anéis a fazê-lo.

— Que ideia bizarra, minha querida — disse o tio Andrew com uma gargalhada.

Parecia uma gargalhada muito natural, mas Digory vira uma expressão ansiosa, quase de avidez, no rosto do tio.

— Polly! Não sejas tonta! — gritou. — Não lhes toques!

Em vão. Era tarde de mais. No preciso instante em que Digory proferia aquelas palavras, Polly tinha avançado para tocar num dos anéis. E imediatamente, sem que houvesse um clarão, um som, um aviso de qualquer espécie, Polly desapareceu. Digory e o tio Andrew ficaram sozinhos na sala.

2
DIGORY E O TIO

Foi tudo tão súbito e tão diferente do que até então lhe acontecera, mesmo em pesadelos, que Digory deu um grito. No mesmo instante, a mão do tio Andrew tapou-lhe a boca.

— Pára com isso! — segredou-lhe em voz sibilante. — Se fazes barulho, a tua mãe vai ouvir. E bem sabes o que lhe pode acontecer se se assusta.

Como Digory disse mais tarde, o facto de uma pessoa tentar convencer outra com argumentos daquele género quase lhe deu a volta ao estômago. No entanto, é claro que não voltou a gritar.

— Assim é melhor — disse o tio Andrew. — Talvez o tenhas feito sem querer. É um choque a primeira vez que se vê desaparecer uma pessoa. Até eu tive um sobressalto quando o porquinho-da-índia se evaporou ontem à noite.

— Foi nessa altura que gritou? — perguntou Digory.

— Ah, com que então ouviste? Espero que não tenhas andado a espiar-me.

— Não, não andei — respondeu Digory, indignado. — Mas que aconteceu à Polly?

— Felicita-me, meu rapaz — disse o tio Andrew, esfregando as mãos uma na outra. — A minha experiência foi um sucesso. A miúda desapareceu, evaporou-se deste mundo.

— Que lhe fez?

— Mandei-a... bem, mandei-a para outro sítio.

— Que quer dizer?

O tio Andrew sentou-se e respondeu:

— Bem, vou contar-te. Já ouviste falar da Senhora Lefay?

— Não era minha tia-avó, ou coisa do género?

— Não exactamente — respondeu o tio Andrew. — Era minha madrinha. É ela que está ali, na parede.

Digory desviou o olhar e viu um retrato desbotado que mostrava o rosto de uma senhora idosa com uma touca. E recordou-se de ter visto em tempos uma fotografia do mesmo rosto numa gaveta onde havia coisas velhas, na sua casa no campo. Perguntara à mãe de quem se tratava, mas ela parecera não querer falar do assunto. Não era de modo nenhum um rosto agradável, pensou Digory, embora com fotografias assim antigas nunca se pudesse ter a certeza.

— Havia qualquer problema com ela, não havia, tio Andrew?

— Bem — respondeu o tio com uma risadinha —, depende daquilo a que chamas problema. As pessoas têm ideias tão curtas... É certo que para o fim da vida se tornou uma pessoa muito estranha e fez coisas muito insensatas. Foi por isso que a trancaram.

— Quer dizer que a meteram num hospício?

— Oh, não, não, não — replicou o tio Andrew com uma voz indignada. — Nada disso. Na prisão.

— Essa agora! E que tinha ela feito?

— Oh, pobrezinha — respondeu o tio Andrew. — Tinha sido muito insensata. Fez muitas coisas, mas não é preciso entrar em pormenores. Foi sempre muito boazinha para mim.

— Mas que tem tudo isso a ver com a Polly? Só queria que o tio me...

— Tudo a seu tempo, meu rapaz. Bem, libertaram a Senhora Lefay antes de morrer e eu fui uma das raras pessoas que ela permitiu que a visitassem no fim da vida. Deixara de suportar as pessoas vulgares e ignorantes. É o que se passa comigo. No entanto, interessávamo-nos ambos pelo mesmo tipo de coisas. Foi apenas uns dias antes da sua morte que ela me disse que fosse a uma velha escrivaninha de sua casa, abrir uma gaveta secreta e levar-lhe uma caixinha que havia de lá estar. No momento em que peguei na caixa soube, pelo formigueiro que senti nos dedos, que tinha nas mãos um grande segredo. Ela ofereceu-ma e obrigou-me a prometer que, mal morresse, eu a queimaria sem a abrir, depois de realizar determinadas cerimónias. Mas eu decidi não cumprir a promessa.

— Isso foi uma bela patifaria — comentou Digory.

— Patifaria? — repetiu o tio Andrew com um olhar intrigado. — Ah, estou a ver. Achas que os rapazinhos devem cumprir as promessas que fazem. Isso mesmo, assim é que é bonito e estou muito contente por teres aprendido a lição que te ensinaram. Mas tens de compreender que esse tipo de regras, por muito boas que possam ser para rapazinhos como tu e também para criados, para mulheres e até para as pessoas em geral, não se podem aplicar a estudiosos, nem a grandes pensadores e sábios como eu. Não, Digory. Os homens que possuem uma sabedoria oculta estão dispensados das regras comuns, do mesmo modo que não têm acesso aos prazeres comuns. O nosso destino, meu rapaz, é glorioso e solitário.

Proferiu estas palavras com um suspiro e um ar tão grave, nobre e misterioso que, por um instante, Digory pensou que estivesse de facto a dizer uma coisa admirável. Mas foi então que se recordou da desagradável expressão que vira no rosto do tio um momento antes de Polly desaparecer e imediatamente percebeu o que estava por detrás das palavras eloquentes do tio Andrew. «O que tudo isto significa», disse com os seus botões, «é que ele pensa que pode fazer tudo o que lhe apetece para conseguir tudo o que quer.»

— É evidente — prosseguiu o tio Andrew — que não me atrevi a abrir a caixa durante muito tempo, pois sabia que podia conter uma coisa muito perigosa. Isto porque a minha madrinha era uma mulher extraordinária. A verdade é que ela foi um dos últimos mortais deste país a ter sangue de fada. Disse-me que no seu tempo havia mais duas pessoas assim. Uma era duquesa e a outra mulher-a-dias. Na realidade, Digory, é possível que estejas a falar com o último homem que teve uma fada-madrinha. Aí está uma coisa para recordares quando fores velhinho.

«Até aposto que era uma fada má», pensou Digory, que acrescentou em voz alta:

— Mas e a Polly?

— E tu a dares-lhe! Como se isso interessasse para alguma coisa! Claro que a minha primeira tarefa foi estudar a caixa, que era muito antiga. Já nessa altura eu sabia o suficiente para perceber que não era grega, nem egípcia, nem babilónica, nem hitita, nem chinesa. Era mais antiga do que esses países. Ah, quando, por fim, descobri a verdade, foi um grande dia! A caixa era da ilha desaparecida de Atlântida. Isso queria dizer que tinha mais séculos do que qualquer dos objectos da idade da pedra que desenterraram na Europa. E também não era um objecto tosco e imperfeito como esses, pois, no princípio dos tempos, a Atlântida era já uma grande cidade cheia de palácios, de templos e de sábios. — Interrompeu-se por um instante, como que à espera de que Digory dissesse qualquer coisa. Mas o sobrinho, que a cada minuto sentia maior antipatia pelo tio, não proferiu palavra. — Entretanto, eu ia aprendendo muito de outras maneiras, que não seria conveniente explicar a uma criança, acerca da Magia em geral. Assim, passei a ter uma ideia do que devia estar dentro da caixa. Por meio de várias experiências, fui reduzindo as possibilidades. Tive de conhecer algumas pessoas… bem, estranhas e diabólicas, e de passar por algumas experiências muito desagradáveis. Foi isso que me pôs os cabelos grisalhos. Não é impunemente que uma pessoa se torna um mágico. A minha saúde acabou por se deteriorar. Mas melhorei. E por fim lá consegui descobrir. — Embora não houvesse a mínima possibilidade de alguém os estar a ouvir, inclinou-se para a frente e foi quase num murmúrio que disse: — A caixa da Atlântida encerrava algo que havia sido trazido de um outro mundo quando o nosso estava apenas no princípio.

— E o que era isso? — perguntou Digory, que, para mal dos seus pecados, estava agora interessado.

— Pó — respondeu o tio Andrew. — Um pó seco e muito fino. Não parecia grande coisa. Tinha um aspecto insignificante para o tempo de uma vida que lhe dedicara. Ah, mas quando olhei para esse pó (tive mil cautelas para não lhe tocar) e pensei que cada grão estivera em tempos noutro mundo (e não me refiro a outro planeta, pois esses fazem parte do nosso mundo e poderias lá chegar se fosses suficientemente longe, mas a um outro mundo, outra natureza, outro universo, algures onde nunca chegarias mesmo que viajasses eternamente através do espaço deste universo), um mundo que só era possível alcançar por meio da Magia...! — Nesta altura, o tio Andrew esfregou as mãos uma na outra até os nós dos dedos estalarem como foguetes. — Eu sabia — prosseguiu — que esse pó só nos levaria ao seu local de origem se o pudéssemos restituir à sua forma primitiva. Mas a dificuldade era essa. As minhas primeiras experiências foram um fracasso completo. Tentei com porquinhos-da-índia e alguns deles morreram. Alguns explodiram como bombas...

— Isso foi uma maldade — interrompeu Digory, que em tempos tivera um porquinho-da-índia.

— Estás sempre a fugir ao que interessa! — exclamou o tio Andrew. — Era para isso que eles serviam. Fui eu próprio a comprá-los. Deixa-me ver onde é que eu ia. Ah, sim. Por fim consegui fazer os anéis, os anéis amarelos. Mas foi então que surgiu uma nova dificuldade. Nessa altura tinha a certeza de que um anel amarelo enviaria quem quer que lhe tocasse para um outro mundo. Mas de que serviria isso se não o pudesse trazer de volta para me contar o que descobrira por lá?

— E não pensou nessas pessoas? Estavam metidas num belo sarilho se não conseguissem regressar — disse Digory.

— Continuas a encarar tudo do ponto de vista errado — comentou o tio Andrew com um trejeito de impaciência. — Não percebes que se trata de uma grande experiência? Se envio quem quer que seja para esse outro lugar, é porque desejo saber como é.

— Então porque não vai lá o tio?

Digory nunca vira ninguém tão surpreendido e ofendido como o tio Andrew perante aquela simples pergunta.

— Eu? Eu? — exclamou ele. — O rapaz deve estar doido! Um homem da minha idade, no meu estado de saúde, correr o risco de se ver confrontado com os perigos de ser atirado de súbito para um universo diferente? Nunca ouvi nada tão disparatado na minha vida! Dás-te conta do que está a dizer? Pensa no que significa um outro mundo, onde podes encontrar sabe-
-se lá o quê.

— Imagino que foi para lá que mandou a Polly — disse Digory de faces rubras de cólera. — Tudo o que posso dizer, embora seja meu tio, é que se comportou como um cobarde ao enviar uma rapariga para um lugar aonde tem medo de ir.

—Silêncio, meu menino! — ordenou o tio Andrew, batendo com a mão na mesa. — Não admito que um miúdo insignificante e encardido me fale dessa maneira! Não percebes que sou o grande estudioso, o mágico que está a fazer a experiência? Claro que preciso de ter com quem a fazer. Não tarda que me estejas a dizer que devia ter pedido licença aos porquinhos-da-índia antes de os utilizar! Não há sabedoria que possa ser alcançada sem sacrifício. Mas a ideia de ser eu a ir é ridícula. É como pedir a um general que combata como um soldado raso. Supondo que morria, que seria da obra da minha vida?

— Oh, basta de palavreado! — exclamou Digory. — Vai trazer a Polly de volta ou não vai?

— Ia dizer-te, quando me interrompeste com tanta má-criação, que finalmente descobri uma maneira de fazer a viagem de regresso. Os anéis verdes trazem-nos de volta.

— Mas a Polly não levou um anel verde.

— Pois não — confirmou o tio Andrew com um sorriso cínico.

— Então não pode voltar! — gritou Digory, desesperado. — E isso é exactamente como se a tivesse assassinado.

— Ela pode voltar, sim senhor, se alguém for atrás dela utilizando um anel amarelo e levando dois anéis verdes, um para si e outro para ela.

Nesse momento Digory viu a ratoeira em que tinha caído e fitou o tio Andrew, sem dizer palavra e de boca aberta, com as faces muito pálidas.

— Espero, Digory — acabou por dizer o tio Andrew numa voz muito grave, como se fosse um óptimo tio que lhe tivesse dado uma boa maquia e um bom conselho —, que não dês parte de fraco. Seria para mim um grande desgosto pensar que alguém da nossa família não tivesse honra nem cavalheirismo suficientes para ir em auxílio de uma... bem, de uma dama em apuros.

— Oh, cale-se! — exclamou Digory. — Se o tio tivesse alguma honra e tudo isso de que está a falar, já teria ido. Mas sei que não vai. Muito bem. Já percebi que tenho de ser eu a ir. O tio é um monstro. Imagino que planeou tudo isto para a Polly ir sem saber e depois eu ter de ir atrás dela.

— Claro — respondeu o tio com o seu odioso sorriso.

— Está bem. Eu vou. Mas primeiro há uma coisa que lhe quero dizer. Até hoje não acreditava em Magia, mas agora tenho de admitir que ela existe. Sendo assim, todos os contos de fadas devem ser mais ou menos verdadeiros. E o tio não passa de um mágico perverso e cruel como os de algumas dessas histórias. Só que eu nunca li nenhuma em que as pessoas do seu género não fossem castigadas no fim; aposto que é isso que vai acontecer-lhe e é bem feito.

De todas as coisas que Digory dissera, esta foi a primeira que surtiu efeito. O tio Andrew teve um sobressalto e no seu rosto estampou-se um tal terror que, por muito monstro que fosse, subitamente quase inspirava piedade. No entanto, um segundo mais tarde deitou tudo a perder dizendo com um risinho forçado:

— Bem, bem, acho que é natural uma criança pensar assim, sobretudo uma criança como tu, criada entre mulheres. Histórias de comadres, não é? Acho que não é preciso preocupares-te com o perigo que eu corro, Digory. Não seria melhor preocupares-te com o perigo que corre a tua amiguinha? Já partiu há algum tempo. Se existe algum perigo nesse mundo, bem, seria uma pena chegares tarde de mais.

— E o tio ralado! — reclamou Digory, furioso. — Mas já estou farto desta conversa. Que tenho de fazer para ir?

— Se não aprendes a controlar esse mau feitio, meu menino — disse o tio Andrew com frieza —, vais acabar como a tia Letty. Ora presta lá atenção.

Levantou-se, calçou um par de luvas e dirigiu-se para a bandeja que continha os anéis, dizendo:

— Eles só funcionam se estiverem em contacto com a pele. Como estou de luvas, posso pegar-lhes, que não acontece nada.

Se metesses um no bolso, nada aconteceria; mas, evidentemente, tens de ter cuidado para não meteres a mão no bolso e lhe tocares sem querer. No instante em que tocas num anel amarelo, desapareces deste mundo. Quando estiveres no outro lugar, espero (é claro que isto ainda não foi testado, mas estou confiante) que, no momento em que toques num anel verde, desapareças desse lugar e reapareças aqui. Ora bem, pego nestes dois anéis verdes e meto-os no teu bolso direito. Não te esqueças do bolso em que estão os verdes. É um para ti e outro para a tua amiga. E agora pegas num anel amarelo para ti. No teu lugar, enfiava-o no dedo, para haver menos hipóteses de o deixares cair.

Digory já quase tinha pegado no anel amarelo quando de súbito se deteve.

— E a minha mãe? Se pergunta onde estou?

— Quanto mais depressa fores, mais depressa voltas — respondeu o tio Andrew com um ar animado.

— Mas o tio nem sequer sabe se eu posso voltar…

O tio Andrew encolheu os ombros, dirigiu-se para a porta, abriu-a, fazendo girar a chave na fechadura, e disse:

— Pois muito bem. Faz como quiseres. Desce e vai jantar. Deixa a rapariga ser comida por animais selvagens, afogar-se ou morrer de fome nesse outro mundo, perder-se de uma vez por todas, se é isso que preferes. A mim tanto se me dá. Talvez seja melhor passares antes do jantar por casa da Senhora Plummer para lhe explicares que nunca mais vai voltar a ver a filha porque tu tiveste medo de enfiar um anel no dedo.

— Com mil diabos! — exclamou Digory. — Quem me dera ter tamanho para lhe dar um murro!

Depois abotoou o casaco, respirou fundo e pegou no anel. Nesse momento pensou, tal como viria a pensar sempre a partir daí, que era a única coisa decente a fazer.

3

O BOSQUE ENTRE OS MUNDOS

O tio Andrew e o seu escritório desapareceram instantaneamente. Depois, por um momento, tudo se tornou indistinto. A coisa de que Digory se apercebeu a seguir foi de uma luz verde e suave a descer sobre ele e da escuridão por baixo. Não parecia estar de pé em cima de nada, nem sentado, nem deitado. Nada parecia sequer tocar-lhe. «Tenho a impressão de que estou sobre água», pensou, «ou debaixo de água.» A ideia assustou-o por um instante, mas, de repente, reparou que estava a subir muito depressa. Sentiu a cabeça emergir e entrar em contacto com o ar e deu consigo a tentar chegar à margem e a sair para um terreno coberto de erva macia à beira de um lago.

Ao pôr-se de pé, percebeu que não estava a escorrer água nem sentia falta de ar, como seria de esperar depois de ter estado submerso. De facto, tinha a roupa completamente seca. Encontrava-se num bosque, à beira de um pequeno lago, que não tinha mais de uns três metros de um lado ao outro. As árvores cresciam muito juntinhas e tinham uma folhagem tão densa que não se conseguia avistar nem uma pontinha de céu. A luz coada através das folhas era verde, mas devia haver um sol muito forte lá no alto, pois essa luz verde era quente e intensa. Era o bosque mais sossegado que se possa imaginar. Não havia aves, nem insectos, nem outros animais, e também não havia vento. Quase se podia ouvir o ruído das árvores a crescerem. O lago de que acabara de sair não era único. Havia dezenas de outros — um de tantos em tantos metros, a perder de vista. Era possível sentir as árvores beberem água pelas raízes. O bosque estava cheio de vida. Sempre que, mais tarde, o tentava descrever, Digory dizia: «Era um lugar delicioso; tão delicioso como tarte de ameixas.»

A coisa mais estranha de todas era o facto de, quase antes de ter olhado em seu redor, Digory já mal se lembrar de como ali fora parar. De qualquer modo, já não pensava em Polly, nem no tio Andrew, nem sequer na mãe. Não se sentia minimamente assustado, nem entusiasmado, nem mesmo curioso. Se alguém lhe tivesse perguntado: «De onde vieste?», é provável que tivesse respondido: «Sempre vivi aqui.» Era essa a sensação que se tinha ali — como se se tivesse vivido sempre naquele lugar, sem nunca sentir aborrecimento, embora nunca nada lá tivesse acontecido. Como ele diria muito tempo mais tarde: «Não é o género de sítio onde acontecem coisas. As árvores vão crescendo, e é tudo.»

Depois de Digory ter olhado para o bosque durante muito tempo reparou que a uns metros de distância estava uma rapariga deitada de costas junto de uma árvore. Tinha os olhos quase fechados, mas não completamente, como se estivesse semiadormecida ou semiacordada. Digory olhou-a durante muito tempo sem nada dizer. Por fim, ela abriu os olhos e fitou-o longamente, também sem proferir palavra. Depois disse numa voz sonhadora e feliz:

— Tenho a impressão de que já te vi em qualquer lado.

— Eu também — respondeu Digory. — Estás aqui há muito tempo?

— Desde sempre — retorquiu a rapariga. — Pelo menos... Bem, não sei... há muito tempo.

— Eu também — disse Digory.

— Tu não. Vi-te sair agora mesmo desse lago.

— É, acho que tens razão — disse Digory com um ar intrigado. — Tinha-me esquecido.

Depois, durante muito tempo não falaram.

— Olha — acabou por dizer a rapariga —, pergunto-me se não nos conhecemos já. Tenho ideia... uma espécie de imagem mental... de um rapaz e de uma rapariga como nós a viverem num sítio muito diferente deste e a fazerem toda a espécie de coisas. Mas talvez tenha sido apenas um sonho.

— Acho que tive o mesmo sonho — disse Digory. — Com um rapaz e uma rapariga que eram vizinhos... e qualquer coisa acerca de rastejar por entre vigas. Recordo-me de que a rapariga tinha a cara suja.

— Não estarás a fazer confusão? No meu sonho era o rapaz quem tinha a cara suja.

— Não me lembro bem da cara do rapaz — disse Digory, que depois acrescentou: — Olá! Que é aquilo?

— Olha, é um porquinho-da-índia! — exclamou a rapariga.

E era mesmo: um porquinho-da-índia muito gorducho a farejar na erva. Tinha uma fita à roda do corpo e, atado a ela, um anel amarelo refulgente.

Olha, olha! — exclamou Digory. — O anel! E tu também tens um no teu dedo! E eu também!

Nesse momento a rapariga sentou-se, finalmente interessada. Fitaram-se então os dois com grande atenção, procurando recordar-se. Em seguida, exactamente ao mesmo tempo, ela gritou «O Senhor Ketterley!» e ele gritou «O tio Andrew!», e lembraram-se de quem eram e recapitularam toda a história. Decorridos alguns minutos de conversa acalorada já tinham tirado tudo a limpo. Digory explicou-lhe como o tio Andrew tinha sido maldoso.

— Que fazemos agora? — perguntou Polly. — Pegamos no porquinho-da-índia e vamos para casa?
— Não há pressa — respondeu Digory com um grande bocejo.
— Pois eu acho que há — retorquiu Polly. — Este lugar é calmo demais. Como se fosse um sonho. Tu estás quase a dormir. Se não reagirmos, ficamos deitados e dormitamos para sempre.
— Mas isto é tão agradável! — exclamou Digory.
— Pois é. Mas temos de regressar. — Levantou-se e começou a caminhar com cautela na direcção do porquinho-da-índia, mas logo a seguir mudou de ideias. — Se calhar devíamos deixá-lo aqui. Ele agora sente-se muito feliz e o teu tio vai fazer-lhe qualquer coisa horrorosa se o levarmos para casa.
— Aposto que sim — concordou Digory. — Olha a maneira como nos tratou. A propósito, como regressamos?
— Suponho que temos de voltar para o lago.
Aproximaram-se juntos da margem e ficaram a olhar para a água lisa, cheia de reflexos dos ramos verdes cobertos de folhas, que faziam com que o lago parecesse muito profundo.
— Não temos fatos de banho — disse Polly.
— Nem precisamos, pateta — observou Digory. — Levamos a nossa roupa vestida. Não te lembras de que não nos molhámos à vinda?
— Sabes nadar?
— Mais ou menos. E tu?
— Nem por isso.
— Acho que não precisamos de nadar — adiantou Digory. — Queremos ir para o fundo, não é?
A ideia de saltar para o lago não lhes agradava muito, mas não trocaram palavra a esse respeito. Deram as mãos, disseram «Um... dois... três!» e saltaram. Houve um grande esparrinhar de água e, claro, ambos fecharam os olhos. Quando, porém, voltaram a abri-los, descobriram que ainda estavam de pé, de mãos dadas, no bosque verdejante e que a água mal lhes chegava aos tornozelos. O lago parecia ter apenas uns centímetros de profundidade e decidiram voltar para terra firme.
— Que é que correu mal? — perguntou Polly com ar assustado, mas não tanto quanto seria de esperar, pois naquele bosque é difícil uma pessoa sentir-se mesmo assustada, tão calmo é o lugar.

— Oh! Já sei! — exclamou Digory. — Claro que não funciona. Ainda temos os anéis amarelos, que são para partir. Os verdes é que nos vão fazer regressar. Temos de trocar de anéis. Tens bolsos? Óptimo. Mete o anel amarelo no bolso esquerdo. Eu tenho dois verdes. Aqui está um para ti.

Puseram os anéis verdes e voltaram ao lago. No entanto, antes de tentarem saltar de novo, Digory soltou um «O-o-oh!» prolongado.

— Que foi? — perguntou Polly.

— Tive uma ideia fantástica — respondeu Digory. — Que serão todos os outros lagos?

— Que queres dizer?

— Olha, se podemos regressar ao nosso mundo saltando para *este*, não poderíamos ir até outro sítio qualquer saltando para um dos outros? Supondo que havia um outro mundo no fundo de cada lago, claro...

— Mas pensei que já estávamos no outro mundo, ou no outro lugar, ou lá como é que o teu tio Andrew lhe chamou. Não disseste...

— Ora, deixa lá o tio Andrew — interrompeu Digory. — Não acredito que ele perceba nada disto. Nunca teve coragem de vir até aqui. Só falou de um outro mundo. Agora imagina que havia dúzias deles...

— Queres dizer que este bosque podia ser apenas um deles?

— Não, não creio que este bosque seja um mundo. Julgo que é só uma espécie de lugar intermédio. — Polly ficou com um ar intrigado. — Não estás a perceber? Então, ouve. Lembras-te do túnel nas nossas casas, por baixo das telhas? Não faz parte de nenhuma das casas. Mas, se o seguires, ele dá-te entrada para qualquer casa da correnteza. Não poderia este bosque ser um lugar assim? Um lugar que não está em nenhum dos mundos, mas que te dá passagem para eles.

— Mas mesmo que possas... — começou Polly.

Porém Digory continuou, como se não a tivesse ouvido:

— É claro que isto explica tudo. É por isso que isto é tão calmo que até dá sono. Nunca acontece nada. É como numa casa. É lá dentro que as pessoas falam, comem, fazem coisas. No entanto, nada se passa nos lugares intermédios, por detrás das paredes, acima dos tectos, debaixo do chão ou no nosso túnel.

Mas, quando sais do túnel, podes dar contigo em *qualquer* casa. Acho que podemos sair daqui e entrar em qualquer lugar! Não precisamos de saltar para o mesmo lago por onde viemos. Pelo menos por agora.

— O Bosque entre os Mundos — disse Polly, sonhadora. — Soa tão bem!

— Anda — disse Digory. — Que lago vamos experimentar?

— Olha cá! Eu não vou experimentar lago nenhum até ter a certeza de que podemos voltar para casa por este. Ainda nem sabemos se vai funcionar.

— Pois — disse Digory —, e se somos apanhados pelo tio Andrew, que nos tira os anéis antes de nos divertirmos? Não, obrigado.

— Não poderíamos ir só até metade do caminho no nosso lago? — sugeriu Polly. — Para ver se funciona. Depois, se resultar, trocamos de anéis e voltamos antes de termos chegado ao escritório do Senhor Ketterley.

— E achas que podemos fazer só parte do caminho?

— Bem, levámos algum tempo a chegar aqui. Imagino que também vamos demorar um bocadinho a regressar.

Foi um sarilho para convencer Digory, mas, por fim, ele teve de concordar, pois Polly recusava-se terminantemente a explorar outros mundos antes de se certificar de que conseguiria regressar. Era quase tão corajosa como ele perante certos perigos (vespas, por exemplo), mas não estava interessada em descobrir coisas de que ninguém jamais ouvira falar. Mas quanto a Digory, era o tipo de pessoa que queria saber tudo e que, quando cresceu, se tornou o famoso Prof. Kirke, que aparece noutros livros.

Depois de muito discutirem chegaram a acordo para porem os anéis verdes («Como o verde é para seguir, não há nada que enganar» lembrou Digory), darem as mãos e saltarem. Contudo, assim que lhe parecesse estarem a chegar ao escritório do tio Andrew, ou mesmo ao seu próprio mundo, Polly tinha de gritar «Trocar!», e ambos tirariam os anéis verdes dos dedos para pôr os amarelos. Digory queria ser ele a gritar «Trocar!», mas Polly não concordou.

Puseram os anéis verdes, deram as mãos e gritaram de novo: «Um... dois... três!» Desta vez funcionou. É muito difícil dizer--vos como foi, pois tudo se passou muito depressa. A princípio havia luzes brilhantes movendo-se num céu negro; Digory ainda hoje pensa que eram estrelas e até jura que viu Júpiter de muito perto, de tão perto que conseguiu ver uma das suas luas. Todavia, quase no mesmo instante, avistaram filas e filas de telhados e chaminés à sua volta, viram a Catedral de São Paulo e perceberam que estavam em Londres. Eram capazes de ver através das paredes das casas e divisaram o tio Andrew, de uma forma muito vaga e indistinta, tornando-se cada vez mais nítida e consistente, como se estivessem a focar-lhe a imagem. Porém, antes que ele se tornasse totalmente real, Polly gritou «Trocar!» e ambos mudaram de anéis. Então o nosso mundo desvaneceu-se como um sonho e a luz verde por cima deles foi-se tornando cada vez mais intensa, até que as cabeças de ambos emergiram do lago e eles se encaminharam de novo para terra. Estavam outra vez rodeados pelo bosque, tão calmo e de um verde tão intenso como sempre. Tudo aquilo levara menos de um minuto.

— Cá estamos! — exclamou Digory. — Não há problema. Agora vamos partir à aventura. Qualquer lago serve. Vamos tentar aquele.

— Pára! — exclamou Polly. — Não marcamos *este?*

Olharam um para o outro e empalideceram ao pensarem na coisa terrível que Digory estivera prestes a fazer, pois havia imensos lagos no bosque, todos iguais e rodeados de árvores semelhantes, de modo que, se tivessem deixado para trás o lago que conduzia ao nosso mundo sem o assinalarem, a hipótese de voltarem a encontrá-lo teria sido mínima.

A mão de Digory tremia ao abrir o canivete para cortar uma longa faixa de erva na terra à beira do lago. O solo (que cheirava muito bem) era de um castanho-avermelhado muito intenso que contrastava com o verde.

— Ainda bem que um de nós tem juízo — comentou Polly.

— Também não é preciso ficares para aí a gabares-te — retorquiu Digory. — Anda! Quero ver o que há num dos outros lagos.

Polly deu-lhe uma resposta torta e ele ripostou com qualquer coisa ainda mais desagradável. A discussão durou vários minutos, mas seria enfadonho descrever tudo o que disseram. Saltemos, pois, para o momento em que, à beira de um lago desconhecido, com o coração a bater e um pouco assustados, Polly e Digory puseram de novo os anéis amarelos, deram as mãos e repetiram «Um... dois... três!»

Tchap! Mais uma vez, não funcionou. Também esse lago parecia ser apenas um charco. Em lugar de alcançarem um novo mundo, só estavam com os pés molhados e as pernas salpicadas, pela segunda vez nessa manhã (se é que era manhã, pois no Bosque entre os Mundos parece ser sempre a mesma hora).

— Com mil raios e coriscos! — exclamou Digory. — Que correu mal desta vez? Pusemos os anéis amarelos como deve ser. Ele disse que para partir era o amarelo.

A verdade é que o tio Andrew, que nada sabia do Bosque entre os Mundos, tinha uma ideia errada acerca dos anéis. Os amarelos não eram «para partir» e os verdes não eram «para regressar»; pelo menos, não da maneira que supunha. A matéria de que ambos eram feitos provinha do bosque. E os amarelos tinham o poder de atrair uma pessoa para o bosque; eram de uma matéria que queria voltar ao seu lugar de origem, o lugar intermédio. Mas o material dos anéis verdes tentava fugir do seu lugar de origem; de modo que um anel verde tiraria uma pessoa do bosque e levá-la-ia para um dos outros mundos. Como vêem, o tio Andrew, tal como a maior parte dos mágicos, trabalhava com coisas que não entendia lá muito bem. Claro que Digory também não percebeu a verdade, ou só a percebeu mais tarde. No entanto, depois de discutirem o caso, ele e Polly decidiram experimentar os anéis verdes no novo lago, só para verem o que acontecia.

— Estou pronta, se tu também estiveres — disse Polly.

Na realidade disse isso porque, no seu íntimo, estava certa de que nenhum anel iria funcionar no novo lago, pelo que não havia que ter medo de mais nada a não ser de se salpicarem mais uma vez. E não estou certo de que o que Digory sentia não fosse exactamente a mesma coisa. De qualquer modo, depois de terem enfiado os anéis verdes e voltado para a beira da água e depois de darem de novo as mãos, estavam sem dúvida muito mais animados e menos sérios do que da primeira vez.

— Um... dois... três! — gritou Digory.

E saltaram.

4

O SINO E O MARTELO

Desta vez não houve dúvidas acerca da Magia. Começaram a cair através da escuridão e de um turbilhão de formas indistintas, que poderiam ser qualquer coisa. Aos poucos, porém, tudo foi ficando mais claro e, de súbito, sentiram que estavam de pé sobre qualquer coisa sólida. Um momento mais tarde tudo se tornou finalmente nítido e puderam olhar em redor.
— Que lugar tão estranho! — observou Digory.
— Isto não me agrada — disse Polly com um arrepio.
A primeira coisa de que se aperceberam foi da luz. Não era como a luz do Sol, nem como a luz eléctrica, nem como a das lamparinas, a das velas, ou qualquer outra que já tivessem visto. Era uma luz baça e avermelhada, muito pouco intensa, muito firme e que não tremeluzia. Encontravam-se numa superfície plana e pavimentada, rodeados por edifícios. Estavam numa espécie de pátio, sem um telhado por cima das suas cabeças. O céu era extraordinariamente escuro, de um azul que parecia quase preto. Depois de ver um céu assim, era espantoso que pudesse haver luz.
— O tempo aqui é muito esquisito — disse Digory. — Pergunto-me se não chegámos a tempo de assistir a uma tempestade ou a um eclipse.
— Isto não me agrada — repetiu Polly.
Sem saberem porquê, estavam ambos a falar em segredo. E, embora não houvesse motivo para continuarem de mãos dadas depois de terem saltado, não se largavam.
As paredes à volta do pátio eram muito altas, com grandes janelas sem vidros, através das quais se avistava apenas escuridão. Mais abaixo, havia uns arcos sustentados por pilares, escancarados e negros como entradas de túneis de caminho-de-ferro. Estava bastante frio. A pedra de que tudo era feito parecia ser vermelha, mas talvez fosse apenas um efeito daquela luz estranha. Era evidente que tudo era muito velho. Muitas das lajes que pavi-

mentavam o pátio tinham fendas. Não havia uma só que encaixasse perfeitamente e os cantos estavam todos desgastados. Um dos portais estava quase obstruído por cascalho. As duas crianças não paravam de dar voltas para olharem os diferentes pontos do pátio. Também o faziam por estarem com medo de que alguém — ou alguma coisa — os olhasse daquelas janelas enquanto estivessem de costas.

— Achas que vive aqui alguém? — perguntou por fim Digory, ainda num murmúrio.

— Não — respondeu Polly. — Está tudo em ruínas. Não ouvimos um único som desde que chegámos.

— Vamos ficar algum tempo quietos e à escuta — sugeriu Digory.

Permaneceram imóveis e de ouvido alerta, mas tudo o que ouviam era o palpitar dos próprios corações. Aquele lugar era, pelo menos, tão silencioso como o Bosque entre os Mundos. Tratava-se, porém, de um silêncio diferente. O silêncio do bosque era doce, intenso (quase se ouviam as árvores a crescer) e cheio de vida, enquanto este era um silêncio morto, frio e vazio. Não era possível imaginar nada a crescer ali.

— Vamos para casa — pediu Polly.

— Mas ainda não vimos nada — contrapôs Digory. — Já que aqui estamos, temos de dar uma vista de olhos.

— De certeza que não há nada interessante.

— Não faz sentido encontrar um anel mágico que te permite entrar noutros mundos se tens medo de os ver quando lá chegas.

— Quem é que falou em medo? — perguntou Polly, largando a mão de Digory.

— Só achei que não estavas com muita vontade de explorar este lugar.

— Eu vou para onde tu fores.

— Podemos desandar quando quisermos — disse Digory. — Vamos tirar os anéis verdes e metê-los no bolso direito. Só temos de nos lembrar que os amarelos estão no bolso esquerdo. Podes ter a mão tão perto do bolso quanto queiras, desde que não a metas lá, senão tocas no anel e desapareces.

Assim fizeram e dirigiram-se calmamente até um dos pórticos que conduziam ao interior do edifício. Quando chegaram ao limiar e olharam lá para dentro, viram que não estava tão escuro como a princípio lhes tinha parecido. A abertura deitava para um vasto átrio mergulhado na sombra, que parecia vazio; porém, no outro extremo, havia uma fila de pilares, com arcos entre eles, através dos quais se coava mais um pouco daquela luz desmaiada. Atravessaram o átrio, caminhando com todo o cuidado, receosos de que houvesse buracos no chão ou qualquer coisa em que pudessem tropeçar. Pareceu-lhes uma longa caminhada. Quando chegaram ao outro lado, passaram sob os arcos e foram dar a outro pátio ainda maior.

— Aquilo ali não me parece muito seguro — adiantou Polly, apontando para um sítio onde a parede fazia uma saliência e parecia prestes a desmoronar-se sobre o pátio. Num determinado sítio faltava um pilar entre dois arcos e a parede que se encontrava no ponto onde devia ter estado o cimo do pilar não tinha nada a sustentá-la. Era óbvio que o local estava abandonado há centenas, talvez milhares de anos.

— Se durou até agora, acho que vai durar mais um bocado — disse Digory. — Mas temos de estar muito calados. Sabes que às vezes um ruído provoca desmoronamentos, como nas avalanchas dos Alpes.

Saíram do pátio, passaram por outro pórtico, subiram uma grande escadaria e atravessaram amplos salões, que abriam uns para os outros, até ficarem tontos só com a vastidão do local. De vez em quando pensavam que iam sair para o ar livre e ver que espécie de paisagem rodeava o enorme palácio. Porém, o que acontecia era que entravam sempre noutro pátio. Aqueles lugares deviam ter sido magníficos quando ainda eram habitados. Num deles houvera em tempos uma fonte. Um grande monstro de pedra, com asas abertas, erguia-se de boca escancarada e ainda se avistava um pedaço de cano no fundo da gola, de onde a água costumara correr; mas agora estava seco como um osso. Noutros sítios viam-se os troncos ressequidos de uma planta trepadora qualquer que se enrolara à volta dos pilares, contribuindo para que alguns deles se desmoronassem. Mas há muito que estava morta. Não havia formigas, nem aranhas, nem nenhum dos outros seres vivos que habitualmente podem ser encontrados entre ruínas; e na terra seca que se avistava entre as lajes partidas não havia erva nem musgo.

Era tudo tão lúgubre e tão uniforme que até Digory começava a pensar que era melhor porem os anéis amarelos e regressarem à floresta viva, quente e verde, do lugar intermédio; nessa altura chegaram a duas enormes portas de um metal que talvez fosse ouro, uma das quais se encontrava entreaberta. Foram espreitar. Ambos recuaram e tiveram de respirar fundo, pois aí, finalmente, havia qualquer coisa digna de ser vista.

Durante um segundo pensaram que a sala estava cheia de pessoas, todas sentadas e perfeitamente imóveis. Também Polly e Digory, como devem calcular, permaneceram imóveis durante muito tempo a olhá-las, mas acabaram por decidir que o que

viam não podia ser gente de carne e osso. Nenhuma daquelas figuras produzia um só movimento nem o mais pequeno ruído de respiração. Eram como as mais maravilhosas estátuas de cera jamais vistas.

Desta vez foi Polly a avançar. Havia uma coisa na sala que a interessava mais do que a Digory: todas as figuras envergavam vestes magníficas. Para uma pessoa que se interessasse por roupa era irresistível ir vê-las de mais perto. E a intensidade das suas cores fazia aquela sala parecer, se não mais animada, pelo menos rica e majestosa depois de toda a poeira e desolação das outras. Além disso, tinha mais janelas e era bastante mais clara.

É-me difícil descrever as roupas. Todas as figuras envergavam vestes sumptuosas e tinham coroas na cabeça. Os trajes eram carmesins, prateados, de um púrpura-profundo e em vários tons de verde-vivo, recamados de bordados representando flores e animais estranhos. Pedras preciosas de dimensões e brilho espantosos refulgiam nas coroas, pendiam de correntes à roda dos pescoços e espreitavam de todos os sítios onde houvesse botão ou fivela.

— Porque não apodreceram essas roupas há séculos? — perguntou Polly.

— Magia — murmurou Digory. — Não sentes? Acho que esta sala é encantada. Dei por isso mal aqui entrámos.

— Qualquer um desses vestidos deve valer uma fortuna — disse Polly.

Digory estava, contudo, mais interessado nos rostos e, na verdade, valia a pena olhar para eles. As pessoas estavam sentadas nas suas cadeiras de pedra de cada um dos lados da sala e o chão no meio estava desimpedido. Por isso era possível ir caminhando e olhando para os rostos um por um.

— Eram boas pessoas, acho eu — disse Digory.

Polly concordou. Sem dúvida todos os rostos eram bondosos. Tanto homens como mulheres tinham uma expressão gentil e cheia de sabedoria e pareciam provir de uma estirpe de grande beleza. No entanto, depois de as crianças terem dado uns passos pela sala, alcançaram alguns rostos que tinham um aspecto um pouco diferente, muito mais solene. Parecia-lhes que, se conhecessem pessoas assim, tinham de se portar muito bem. Depois de avançarem um pouco mais, aproximadamente até meio da sala,

encontraram-se entre rostos que não lhes agradaram. Eram muito fortes, orgulhosos e felizes, mas tinham uma expressão algo cruel. Um pouco mais longe, pareciam ainda mais cruéis; e, à medida que avançavam, os rostos continuavam a ser cruéis, mas já não tinham um ar feliz. Eram mesmo rostos desesperados, como se as pessoas a quem tinham pertencido tivessem feito coisas atrozes e também sofrido coisas atrozes. A última figura de todas era a mais interessante: uma mulher ainda mais ricamente vestida que as outras, muito alta (embora todas as figuras da sala fossem mais altas que as pessoas do nosso mundo), com um olhar de tal ferocidade e orgulho que cortava a respiração. Porém, também era bela. Anos mais tarde, já na velhice, Digory costumava dizer que nunca na vida vira uma mulher tão bela. Verdade seja dita que Polly dizia sempre que não a achara nada de especial.

Como disse, esta mulher era a última, embora para além dela houvesse uma quantidade de cadeiras vazias, tal como se a sala tivesse sido concebida para uma colecção de imagens muito maior.

— Bem gostava de saber que história está por detrás de tudo isto — disse Digory. — Vamos voltar lá atrás e ver aquela espécie de mesa que está a meio da sala.

O objecto a meio da sala não era exactamente uma mesa. Era um pilar quadrado, com cerca de um metro de altura, sobre o qual se erguia um arquinho dourado donde pendia um sininho dourado, ao lado do qual se encontrava um martelinho dourado, que servia para bater no sino.

— Que será... que será... que será...? — tratamudeou Digory.

— Parece haver aqui qualquer coisa escrita — adiantou Polly, inclinando-se e olhando para uma face do pilar.

— Com mil raios, pois há — confirmou Digory. — Só que não conseguimos lê-la.

— Não? — perguntou Polly. — Não estou assim tão certa disso.

Olharam ambos atentamente e, como seria de esperar, as letras gravadas na pedra eram estranhas. Mas foi então que se deu um grande prodígio: enquanto olhavam, embora a forma das letras não se alterasse, descobriram que conseguiam compreendê-las. Se ao menos Digory se tivesse recordado do que dissera uns minutos antes, que aquela sala era encantada, talvez tivesse suspeitado de que o encanto começara a actuar. Todavia, a curiosidade que sentia ainda era demasiada para pensar nisso e cada vez estava mais ansioso por saber o que estava escrito no pilar. Dentro em breve ambos descobriram. As palavras eram as seguintes — pelo menos o sentido é este, embora a poesia, quando lida ali, fosse melhor:

> *Aventureiro, toma a decisão:*
> *Bate no sino sem hesitação,*
> *Ou enlouquece sem vires a saber*
> *O que aconteceria se ousasses bater.*

— Nem pensar! — exclamou Polly. — Não queremos correr riscos.

— Oh, mas não vês que é inútil?! — declarou Digory. — Agora não podemos escapar. Vamos ficar sempre a perguntar-nos o que teria acontecido se tivéssemos tocado o sino. Não vou regressar e enlouquecer por estar sempre a matutar nisto. Nem pensar!

— Não sejas pateta! — criticou Polly. — Como se isso sucedesse a alguém! Que interessa o que teria acontecido?

— Acho que alguém que chegue a este ponto não pode deixar de magicar até ficar pírulas. Não vês que é aí que está a Magia? Já sinto o seu poder sobre mim.

— Eu não — replicou Polly mal-humorada. — E também não acredito que tu sintas. Só estás a armar.

— És mesmo tapada. Deve ser por seres rapariga. As raparigas nunca querem saber de nada a não ser de tagarelice e disparates acerca de namoros.

— Quando dizes isso, pareces mesmo o teu tio.

— Porque estás a fugir ao assunto? — perguntou Digory. — Do que estamos a falar é de…

— És mesmo um homem chapado! — disse Polly, numa voz muito adulta, embora acrescentando muito depressa, na sua voz verdadeira: — E se dizes que eu sou uma mulher chapada, és um macaco de imitação.

— Nunca me passaria pela cabeça chamar mulher a uma catraia como tu — disse Digory com ar altivo.

— Com que então sou uma catraia? — perguntou Polly, já furiosa. — Pois então não precisas de ter a maçada de andar mais com uma catraia. Vou-me embora. Já estou farta deste lugar. E também já estou farta de ti, meu teimosão emproado.

— Nem penses nisso! — exclamou Digory, numa voz ainda mais desabrida do que pretendia, pois viu a mão de Polly mover--se em direcção ao bolso para tirar o anel amarelo.

Não encontro desculpa para o que fez a seguir, a não ser que, mais tarde, o lamentou profundamente (tal como muitas outras pessoas). Antes de a mão de Polly chegar ao bolso, ele agarrou--lhe o pulso, fazendo-lhe pressão com as costas contra o peito. Depois, segurando-lhe o outro braço com o cotovelo, inclinou--se para a frente, pegou no martelo e desferiu no sino dourado uma pancadinha leve e certeira. Seguidamente soltou-a e afastaram-se, a fitarem-se mutuamente com a respiração ofegante. Polly estava quase a chorar, não de medo, e nem sequer por ele lhe ter magoado o pulso, mas de raiva. Contudo, daí a dois segundos, já tinham qualquer coisa em que pensar que lhes fez esquecer a discussão.

Mal Digory fez soar o sino, este emitiu uma nota tão suave como seria de esperar e não muito sonora. Mas, em vez de se ir desvanecendo, o som continuou e, à medida que continuava, ia--se tornando cada vez mais intenso. Ainda nem um minuto tinha passado e já era duas vezes mais forte do que quando começara. Pouco depois era tão alto que, se as crianças tivessem tentado falar uma com a outra (mas agora nem pensavam em falar, limitavam--se a estar ali especadas de boca aberta), não se teriam ouvido. Um bocadinho mais tarde, o som era de tal maneira intenso que não se teriam conseguido ouvir uma à outra mesmo que gritassem. E continuou a aumentar: uma única nota, um som suave e contínuo, embora a suavidade encerrasse qualquer coisa de horrível, até todo o ar naquela grande sala vibrar e eles sentirem o chão de pedra a tremer debaixo dos pés. Depois, por fim, começou a misturar-se com outro som, um ruído vago e sinistro, a princípio semelhante ao troar de um comboio distante, depois parecido com o embate de uma árvore no solo. Ouviram qualquer coisa como grandes pesos a cair. Depois, com um estrondo repentino e um estremeção que quase os fez desequilibrarem-se, cerca de um quarto do telhado numa das extremidades da sala desabou, grandes blocos de alvenaria caíram à roda deles e as paredes oscilaram. O ruído do sino cessou. As nuvens de poeira dissiparam-se. E tudo mergulhou de novo no silêncio.

Nunca se descobriu se a queda do telhado se ficou a dever à Magia ou se o som estridente e insuportável do sino produziu uma nota superior à que as paredes decrépitas podiam suportar.

— Pronto! Agora já deves estar satisfeito — disse Polly, ofegante.

— Seja como for, acabou — respondeu Digory.

E ambos pensaram que assim era; mas nunca tinham estado tão enganados em toda a sua vida.

5
A PALAVRA EXECRÁVEL

As crianças fitavam-se, cada uma de um lado do pilar onde o sino estava suspenso, ainda a tremer, embora já não soltasse qualquer som. De súbito, ouviram um ruído abafado, vindo do lado da sala que não ficara danificado. Viraram-se, rápidas como relâmpagos, para verem do que se tratava. Uma das figuras imponentes, a mais afastada de todas, a mulher que Digory achara muito bela, estava a levantar-se da cadeira. Quando se pôs de pé, perceberam que era ainda mais alta do que tinham pensado. E podia ver-se imediatamente, não só pela coroa e pelas vestes que envergava, mas também pelo brilho dos seus olhos e pela curva dos lábios, que era uma rainha. Olhou à sua volta, reparou nos estragos e viu as crianças, mas, pela expressão do seu rosto, não se percebeu o que estava a pensar ou se estava surpreendida. Avançou com passos largos e rápidos e perguntou:

— Quem me acordou? Quem quebrou o encanto?

— Acho que devo ter sido eu — respondeu Digory.

— Tu?! — exclamou a Rainha, pousando no ombro do rapaz uma mão branca, muito bela, mas que Digory sentia ser forte como uma tenaz. — Tu?! Mas não passas de uma criança, uma criança normalíssima. Qualquer pessoa pode ver imediatamente que não te corre nas veias uma gota de sangue real ou nobre. Como te atreveste a entrar nesta casa?

— Viemos de outro mundo... por Magia — respondeu Polly, que pensava que era mais do que tempo de a rainha reparar nela como reparara em Digory.

— Isso é verdade? — insistiu a Rainha, sem desfitar Digory e nem sequer de relance olhar Polly.

— Sim, é — respondeu ele.

A Rainha pôs a outra mão sob o queixo dele e obrigou-o a erguer a cabeça de modo a poder ver-lhe melhor o rosto. Digory tentou enfrentar o seu olhar, mas em breve teve de desistir: havia

qualquer coisa nos olhos dela que não conseguia aguentar. Depois de o ter examinado durante mais de um minuto, a Rainha soltou-lhe o queixo e disse:

— Tu não és mágico. Não tens a marca. Deves ser apenas o servo de um mágico. Foi por meio da Magia de outra pessoa que viajaste até aqui.

— Foi o meu tio Andrew — explicou Digory.

Nesse momento, não na própria sala, mas em qualquer sítio muito próximo, ouviu-se primeiro um ribombar, depois um estampido, seguidamente o estrondo de paredes a caírem, e o chão estremeceu.

— Corremos grande perigo aqui — disse a Rainha. — Todo o palácio está a desmoronar-se. Se não sairmos dentro de alguns minutos, ficaremos soterrados sob as ruínas. — Falava tão calmamente como se estivesse a dizer que horas eram. — Vamos — acrescentou, estendendo as mãos para as crianças.

Polly, que não gostava da Rainha e que estava bastante amuada, não sentia vontade de lhe dar a mão se pudesse deixar de o fazer. Porém, embora a Rainha falasse muito devagar, os seus movimentos eram rápidos como o pensamento. Antes de Polly saber o que se estava a passar, já tinha a mão esquerda presa numa mão muito maior e mais vigorosa do que a sua, de modo que nada pôde fazer.

«Esta mulher é terrível», pensou Polly. «É suficientemente forte para me partir o braço com uma torcidela. E agora, que me agarrou a mão esquerda, não consigo apanhar o anel. Se tentasse meter

a mão direita no bolso esquerdo, não conseguia alcançá-lo antes de ela me perguntar o que estava a fazer. Aconteça o que acontecer, não podemos deixá-la saber da existência dos anéis. Espero que Digory tenha o bom senso de ficar calado. Quem me dera poder trocar umas palavras a sós com ele.»

A Rainha conduziu-os para fora do Salão das Imagens até um longo corredor e depois através de um labirinto de átrios, escadarias e pátios. Ouviam constantemente desabar partes do grande palácio, por vezes muito perto deles. A dado momento, um enorme arco abateu-se com estrondo apenas um instante depois de terem passado por baixo dele. A Rainha caminhava depressa — as crianças tinham quase de correr para a acompanharem —, mas não dava mostras de sentir medo. «É extraordinariamente corajosa», pensou Digory. «E forte. A isto é que eu chamo uma rainha! Espero que nos vá contar a história deste lugar.»

À medida que avançavam, a Rainha foi-lhes realmente contando certas coisas:

— Esta é a porta que dá acesso às masmorras — dizia. Ou então: — Aquela passagem conduz às câmaras de tortura principais. — Ou ainda: — Aqui era o antigo salão de banquetes, para onde o meu trisavô convidou setecentos nobres para um festim e os matou a todos antes de terem bebido a sua conta. Eram rebeldes e queriam usurpar-lhe o trono.

Por fim, chegaram a um átrio mais amplo e majestoso do que os que haviam visto anteriormente. Devido ao tamanho e às grandes portas que havia ao fundo, Digory pensou que, finalmente, deviam estar a chegar à entrada principal. E estava cheio de razão. As portas eram negras, ou de ébano ou de qualquer metal negro que não existe no nosso mundo. Estavam seguras por grandes traves, a maioria das quais a uma altura que não permitia alcançá-las, e todas demasiado pesadas para que fosse possível erguê-las. Digory perguntou a si mesmo como iriam sair.

A Rainha soltou-lhe a mão e ergueu o braço. Esticou-se toda e ficou rígida. Depois disse qualquer coisa que não perceberam (mas que lhes pareceu horrível) e fez um gesto como se estivesse a atirar qualquer coisa contra as portas. Então os batentes altos e pesados tremeram durante um segundo como se fossem feitos de seda e desfizeram-se até nada mais restar deles do que um montinho de poeira no limiar.

— Uau — exclamou Digory num murmúrio.

— O teu mestre, o teu tio mágico, tem poderes como os meus? — perguntou a Rainha, pegando de novo com firmeza na mão de Digory. — Mas isso saberei mais tarde. Entretanto, lembra-te do que viste. Isto é o que acontece às coisas e às pessoas que se metem no meu caminho.

Muito mais luz do que haviam visto naquele país entrava agora pelo vão da porta; e, quando a Rainha os conduziu através dele, não ficaram surpreendidos por se encontrarem ao ar livre. O vento que lhes soprava no rosto era frio, embora um tanto bafiento. Estavam no alto de um terraço e uma vasta paisagem estendia-se a seus pés.

Lá ao longe, perto da linha do horizonte, avistaram um grande sol vermelho, muito maior do que o nosso. Digory sentiu imediatamente que também era muito mais antigo: um sol próximo do fim da vida, cansado de contemplar aquele mundo.

À esquerda do Sol e mais acima havia uma única estrela, grande e brilhante. Essas eram as únicas coisas que se avistavam no céu escuro e tinham um aspecto desolador. Na terra, em todas as direcções e até onde a vista alcançava, estendia-se uma vasta cidade onde não se via nada vivo. E todos os templos, torres, palácios, pirâmides e pontes, banhados pela luz desse sol desmaiado, projectavam sombras alongadas e sinistras. Em tempos, um grande rio correra através da cidade, mas a água há muito que secara e o leito era agora um grande fosso cheio de poeira cinzenta.

— Olha bem para aquilo que nenhuns olhos voltarão a ver — disse a Rainha. — Era assim Charn, a grande cidade, a cidade do Rei dos Reis, a maravilha deste mundo, talvez de todos os mundos. O teu tio é rei de alguma cidade tão grande como esta, meu rapaz?

— Não — respondeu Digory. Ia explicar que o tio Andrew não era rei de nada, mas a Rainha prosseguiu:

— Agora reina o silêncio. Mas estive aqui quando vibravam no ar os ruídos de Charn: o som de passos, o chiar de rodas, o estalar de chicotes, os gemidos dos escravos, o estrondo das carruagens e o bater dos tambores por altura dos sacrifícios nos templos. Estive aqui (mas isso foi quase no fim) quando o bramido da batalha se erguia de todas as ruas e o rio de Charn ficou vermelho. — Fez uma pausa e acrescentou: — Num instante, uma mulher apagou tudo isso para sempre.

— Quem? — perguntou Digory numa voz trémula, embora já tivesse adivinhado a resposta.

— Eu — respondeu a Rainha. — Eu, Jadis, a última Rainha, mas Rainha do mundo.

As duas crianças ficaram em silêncio, a tiritar, fustigadas pelo vento frio.

— Foi por culpa da minha irmã — prosseguiu a Rainha. — Foi ela quem me levou a isso. Que a maldição de todos os poderes caia sobre ela para sempre! Eu estava pronta a fazer as pazes a qualquer momento. Sim, e a poupar-lhe a vida também, se me tivesse cedido o trono. Mas ela não quis. O seu orgulho destruiu o nosso mundo. Já depois de a guerra ter começado houve uma promessa solene de que nenhuma das partes usaria a Magia. Mas, quando ela quebrou a promessa, que podia eu fazer? Louca! Como se não soubesse que eu dispunha de mais Magia do que

ela! Até sabia que eu tinha o segredo da Palavra Execrável. Ela, que era uma fraca, pensaria que eu não iria utilizá-lo?
— Que segredo era esse? — perguntou Digory.
— O segredo dos segredos — respondeu a Rainha Jadis. — Havia muito que os grandes reis da nossa raça sabiam que existia uma palavra que, proferida com as cerimónias convenientes, destruiria todas as coisas vivas, excepto aquele que a proferisse. Mas os antigos reis eram fracos e sensíveis de coração e comprometeram-se, bem como todos os que vieram depois deles, através de juramentos solenes, a nunca procurarem conhecer essa palavra. Apesar disso, aprendi-a num lugar secreto e por ela paguei um preço terrível. Não a utilizei até a minha irmã me ter obrigado a fazê-lo. Tentei derrotá-la por todos os outros meios. Fiz jorrar o sangue dos meus exércitos como se fosse água...
— Que fera! — exclamou Polly entredentes.
— A última grande batalha — prosseguiu a Rainha — travou-se durante três dias aqui em Charn. Durante três dias contemplei-a deste mesmo local. Não fiz uso do meu poder até o último dos meus soldados ter caído; e essa mulher maldita, a minha irmã, à frente dos seus rebeldes, estava a meio dessa grande escadaria que conduz da cidade ao terraço. Esperei até estarmos tão próximas que víamos o rosto uma da outra. Ela fulminou-me com os seus olhos tremendos e perversos e disse: «Vitória.» «Sim», respondi, «vitória, mas não tua.» Depois proferi a Palavra Execrável. Um momento mais tarde não havia mais nenhum ser vivo debaixo deste sol senão eu.
— E o povo? — perguntou Digory, de respiração suspensa.
— Que povo, meu rapaz?
— Ora, as pessoas vulgares — explicou Polly —, que nunca lhe tinham feito mal. As mulheres, as crianças, e também os animais...?
— Não percebes? — perguntou a Rainha, dirigindo-se sempre a Digory. — Eu era a Rainha. Eles eram o meu povo. Para que existiam senão para cumprirem a minha vontade?
— Mesmo assim, tiveram um destino bem triste — declarou Digory.
— Tinha-me esquecido de que não passas de um rapaz vulgar. Como podes entender razões de estado? Tens de aprender, miúdo, que o que seria errado para ti ou para qualquer outra

pessoa comum não o é para uma grande rainha como eu. O peso do mundo assenta nos nossos ombros. Não devemos estar submetidos a nenhumas regras. O nosso destino é glorioso e solitário.

De súbito, Digory recordou-se de que o tio Andrew tinha usado exactamente as mesmas palavras. Mas estas pareciam muito mais grandiosas quando proferidas pela Rainha Jadis, talvez por o tio Andrew não ter dois metros de altura nem ser deslumbrantemente belo.

— Que fez então? — perguntou Digory.

— Já tinha lançado um encanto sobre o salão onde se encontram as imagens dos meus antepassados. E a sua força era tal que eu iria dormir entre eles, eu própria como uma imagem, sem precisar de alimento ou calor, nem que ali ficasse durante mil anos, até chegar alguém que fizesse soar o sino e me acordasse.

— Foi a Palavra Execrável que fez o Sol ficar assim? — perguntou Digory.

— Assim como?

— Tão grande, tão vermelho e tão frio.

— Mas ele sempre foi assim — respondeu Jadis. — Pelo menos, há centenas de milhares de anos. No vosso mundo o Sol é diferente?

— Sim, é mais pequeno e mais amarelo. E dá muito mais calor.

A Rainha soltou um «aaaah!» prolongado. E Digory viu no seu rosto a mesma expressão de cobiça e avidez que vira no rosto do tio Andrew.

— Então — disse a Rainha —, o teu mundo é mais recente.

Durante um momento fez uma pausa para olhar a cidade deserta. E, se lamentava todo o mal que fizera, não dava mostras disso. Depois continuou:

— Agora vamos. Faz frio aqui, no fim dos tempos.

— Vamos para onde? — perguntaram as crianças.

— Para onde?! — repetiu Jadis, surpreendida. — Para o vosso mundo, claro.

Polly e Digory entreolharam-se estupefactos. Polly detestara a Rainha desde o primeiro minuto; e até Digory, agora que tinha ouvido a sua história, sentia que já estivera com ela o tempo suficiente. Sem dúvida, a Rainha não era o género de pessoa que se desejasse levar para casa. E, mesmo que a quisessem levar, não sabiam como fazê-lo. O que lhes apetecia era irem-se embora; mas Polly não conseguia agarrar no anel e Digory, evidentemente, não queria ir sem ela. Fazendo-se muito vermelho, o rapaz tartamudeou:

— Oh... oh... o nosso mundo. Não sabia que queria ir para lá.

— Para que vos enviaram se não era para me virem buscar? — perguntou Jadis.

— Tenho a certeza de que não ia gostar nada do nosso mundo — acrescentou Digory. — Não é lugar para ela, pois não, Polly? Não tem graça nenhuma e nem vale a pena ser visto.

— Vai valer a pena quando for eu a governá-lo — respondeu a Rainha.

— Oh, mas não pode — disse Digory. — Não é assim. Não a deixariam.

— Muitos reis poderosos — disse a Rainha com um sorriso de desdém — pensaram que se podiam erguer contra a Casa de Charn. Mas todos foram derrotados e os seus nomes caíram no esquecimento. Que tonto rapaz! Julgas que, com a minha beleza e a minha magia, não vou ter o teu mundo a meus pés antes de passar um ano? Prepara os teus feitiços e leva-me até lá imediatamente.

— Isto é assustador — disse Digory a Polly.

— Talvez tenhas medo por esse teu tio — sugeriu Jadis —, mas, se ele me prestar as devidas honras, a sua vida será poupada e poderá manter-se no trono. Não vou para lutar contra ele. Deve ser um grande mágico, se descobriu como podia enviar-vos até aqui. É rei de todo o vosso mundo ou apenas de uma parte?

— Não é rei de nada — respondeu finalmente Digory.

— Estás a mentir — acusou-o a Rainha. — Então a Magia não tem sempre a ver com sangue real? Já alguma vez se ouviu falar de homens comuns que fossem mágicos? Estou a ver a verdade, quer a digas quer não. O teu tio é o grande rei e o grande encantador do teu mundo e, com a sua arte, viu a imagem do meu rosto em qualquer espelho mágico ou em qualquer lago encantado; deslumbrado com a minha beleza, fez um poderoso feitiço que abalou o vosso mundo até aos alicerces e enviou-vos através do vasto fosso que separa os mundos para me virem pedir auxílio e me levarem até ele. Responde-me: foi ou não foi assim?

— Bem, não foi bem assim — respondeu Digory.
— Não foi bem assim?! — repetiu Polly. — Olha, isto é um disparate pegado do princípio ao fim!
— Fedelhos! — gritou a Rainha, virando-se, furiosa, para Polly e agarrando-a pelos cabelos do alto da cabeça, onde dói mais. Porém, ao fazê-lo, largou as mãos das crianças.
— Agora! — bradou Digory.
— Depressa! — exclamou Polly.
Enfiaram a mão esquerda na algibeira e nem sequer precisaram de pôr os anéis. No instante em que lhes tocaram, todo aquele mundo sinistro desapareceu. Estavam a seguir muito depressa para cima e, lá no alto, uma luz verde ia-se tornando cada vez mais próxima.

6

O TIO ANDREW METIDO NUM SARILHO

— Larga-me! Larga-me! — gritou Polly.
— Nem te estou a tocar! — exclamou Digory.

Foi então que as suas cabeças saíram do lago e, mais uma vez, ambos se viram rodeados pelo sol e pela quietude do Bosque entre os Mundos. Depois do ar bafiento e das ruínas do lugar de onde tinham acabado de sair, tudo lhes parecia mais vivo, mais quente e mais calmo do que nunca. Julgo que, caso tivessem tido oportunidade, teriam de novo esquecido quem eram e de onde tinham vindo e ter-se-iam deitado, todos contentes, numa semi-sonolência, a escutar as árvores a crescerem. Desta vez havia, porém, qualquer coisa que os mantinha bem acordados: mal pisaram a erva, descobriram que não estavam sozinhos. A Rainha, ou a Bruxa (como quiserem chamar-lhe), fora com eles, firmemente agarrada ao cabelo de Polly. Era por isso que a rapariga gritava: «Larga-me!»

Isso demonstrava outra propriedade dos anéis de que o tio Andrew não havia informado Digory, em virtude de ele próprio não a conhecer. Para saltar de um mundo para outro por intermédio desses anéis não era preciso ter um no dedo nem tocar-lhe; bastava tocar em alguém que lhes estivesse a tocar. Desse modo, funcionavam como um íman; e toda a gente sabe que, se se apanha um alfinete com um íman, qualquer outro alfinete que esteja em contacto com o primeiro também será atraído.

Ali, no bosque, a Rainha Jadis tinha um ar diferente. Estava muito mais pálida do que antes, tão pálida que já pouca beleza lhe restava. Além disso, estava curvada, parecendo respirar com dificuldade, como se o ar daquele lugar a sufocasse. Nesse momento, nenhuma das crianças sentia o menor receio dela.

— Largue-me! Deixe o meu cabelo! — gritou Polly. — Qual é a ideia?

— Olhe lá! Largue-lhe o cabelo! Imediatamente! — ordenou Digory.

Viraram-se ambos e começaram a lutar com a Rainha. Eram mais fortes do que ela e, decorridos poucos segundos, tinham--na obrigado a soltar Polly. Jadis recuou, ofegante, com uma expressão aterrorizada.

— Depressa, Digory — exclamou Polly. — Vamos trocar de anéis e saltar para o lago que leva ao nosso mundo.

— Socorro! Socorro! Tenham pena de mim! — gritou a Bruxa numa voz débil, perseguindo-os com passos vacilantes. — Levem-me convosco. Não podem pensar deixar-me neste sítio horrível. Isto vai matar-me.

— É uma razão de estado — disse Polly com desdém. — Como quando matou todas aquelas pessoas do seu mundo. Despacha-te, Digory.

Já tinham posto os anéis verdes, mas Digory, sem poder deixar de sentir um pouco de pena da Rainha, voltou-se para trás e disse:

— Que maçada! Que vamos fazer?

— Não sejas palerma — ripostou Polly. — Aposto que ela só está a armar. Anda.

Então as duas crianças saltaram para o lago.

«Ainda bem que fizemos aquela marca», pensou Polly.

Porém, ao saltarem, Digory sentiu dois grandes dedos frios que o agarravam pela orelha. E, à medida que se iam afundando e que as formas confusas do nosso mundo começavam a surgir, a pressão daqueles dois dedos ia-se tornando cada vez mais vigorosa. Aparentemente, a Bruxa estava a recuperar as forças. Digory debatia-se e dava pontapés, mas de nada lhe servia. Dentro de instantes encontravam-se no escritório do tio Andrew; e lá estava ele em pessoa, a fitar a maravilhosa criatura que Digory trouxera do lado de lá do mundo.

E era natural que a fitasse, pois Digory e Polly faziam o mesmo. Não havia dúvida de que a Bruxa se sentia muito melhor; agora, no nosso mundo, rodeada de objectos vulgares, era realmente de cortar a respiração. Se em Charn inspirara temor, em Londres era aterradora. Até então não se tinham apercebido de como era grande. «Nem parece um ser humano», pensava Digory ao olhar para ela; e talvez tivesse razão, pois há quem diga que a família real de Charn tem sangue de gigantes. No entanto, nem mesmo a sua altura era comparável à sua beleza e ao seu ar feroz e selvagem. Parecia dez vezes mais viva do que a maioria das pessoas que normalmente se vêem em Londres. O tio Andrew fazia vénias e esfregava as mãos uma na outra, com um ar, para dizer a verdade, extremamente assustado. Ao lado da Bruxa, parecia uma amostra de gente. Porém, como Polly diria mais tarde, havia uma certa semelhança entre os rostos de ambos, qualquer coisa na expressão que tinham. Devia ser o olhar que todos os mágicos perversos têm, a «marca», que Jadis dissera não encontrar no rosto de Digory. A única coisa positiva em ver os dois juntos era nunca mais se ter medo do tio Andrew; pelo menos, mais medo do que se tem de uma minhoca depois de se ter visto uma cascavel, ou de uma vaca depois de se ter encontrado um touro enraivecido. «Pfff!», pensou Digory. «Um mágico, ele? Ora, ora. Ela sim, ela é que é.»

O tio Andrew continuava a esfregar as mãos uma na outra e a fazer vénias. Tentava dizer qualquer coisa muito delicada, mas tinha a boca tão seca que não conseguia falar. A sua «experiên-

cia» com os anéis, como lhe chamava, alcançara um êxito maior do que desejara, pois, embora andasse havia anos a meter o nariz na Magia, deixara sempre os perigos (na medida do possível) para outras pessoas. Nunca na vida lhe acontecera uma coisa daquelas.

Foi então que Jadis falou; não muito alto, mas havia qualquer coisa na sua voz que fez vibrar todo o escritório.

— Onde está o mágico que me chamou para este mundo?
— Ah... ah... minha senhora — tartamudeou o tio Andrew —, tenho a maior honra... sinto-me muito lisonjeado... é um prazer inesperado... Se pelo menos tivesse tido oportunidade de fazer alguns preparativos... eu... eu...

— Onde está o mágico, bobo? — insistiu Jadis.
— Oh... Sou eu, minha senhora. Queira desculpar-me qualquer... mmm... qualquer liberdade que estes meninos malcomportados possam ter tomado. Foi sem intenção...
— Tu?! — exclamou a Rainha numa voz ainda mais terrível. Em seguida, com uma só passada, atravessou a sala, pegou numa grande madeixa do cabelo grisalho do tio Andrew e puxou-lhe a cabeça para trás até ficarem de olhos nos olhos. Depois examinou-lhe o rosto como tinha examinado o de Digory no palá-

cio de Charn. O tio Andrew não parava de piscar os olhos e lamber os beiços, cheio de nervosismo. Por fim largou-o, mas com tal brusquidão que ele foi de encontro a uma parede.

— Estou a ver — atalhou com ar desdenhoso. — És um mágico... uma espécie de mágico. Põe-te de pé, verme, e não fiques para aí estendido como se estivesses a falar com os da tua laia. Como aprendeste Magia? Porque posso jurar que não tens sangue real...

— Bem... Ah... talvez não no sentido exacto da expressão — gaguejou o tio Andrew. — Não é exactamente real, minha senhora. Contudo, os Ketterley são uma família muito antiga. Uma antiga família do Dorsetshire.

— Basta! — disse a Bruxa. — Estou a ver quem tu és. És um mágico de meia-tigela que trabalha por meio de regras e livros. Não há Magia verdadeira no teu sangue nem no teu coração. Os da tua laia acabaram no meu país há mais de mil anos. Mas aqui permito-te que sejas meu servo.

— Seria um grande prazer... Ficaria encantado se pudesse ser útil... Seria um p... prazer, asseguro-lhe.

— Cala-te! Falas de mais. Ouve com atenção a primeira tarefa que tens de cumprir. Vejo que estamos numa grande cidade. Arranja-me imediatamente uma carruagem, um tapete voador, um dragão amestrado, ou seja o que for que as pessoas nobres e de sangue real usem aqui. Depois conduz-me a lugares onde possa encontrar roupa, jóias e escravos para alguém da minha estirpe. Amanhã vou começar a conquistar o mundo.

— Eu... eu... vou já procurar uma carruagem — respondeu o tio Andrew de respiração suspensa.

— Pára! — ordenou a Bruxa, quando ele estava quase a chegar à porta. — Nem sonhes em atraiçoar-me. Os meus olhos conseguem ver através das paredes e sondar a mente dos homens e não te vão largar aonde quer que vás. Ao primeiro sinal de desobediência lanço-te tais sortilégios que qualquer sítio onde te sentes será como ferro em brasa e, quando te deitares numa cama, terás blocos de gelo aos pés. Agora vai.

O velhote saiu, como um cão com o rabo entre as pernas.

As crianças estavam agora com receio de que Jadis tivesse qualquer coisa para lhes dizer acerca do que acontecera no bosque. Porém, nem nessa altura nem em nenhuma outra mais tarde, ela voltou a tocar no assunto. Penso (e Digory pensa a mesma coisa) que o cérebro dela era incapaz de recordar aquele lugar tranquilo e, por muitas vezes que fosse até lá ou por muito tempo que lá permanecesse, nunca se lembraria de nada. Ali sozinha com as crianças, a Bruxa não parecia, porém, dar pela sua presença. E também isso era típico dela. Em Charn não dera atenção a Polly (até mesmo ao fim), pois era Digory quem pretendia usar. Agora, que tinha o tio Andrew, já não reparava em Digory. Julgo que a maioria das feiticeiras são assim. São terrivelmente práticas

e só se interessam pelas coisas e pelas pessoas se as podem usar. Por esse motivo, durante um minuto ou dois reinou o silêncio na sala. No entanto, pela maneira como Jadis batia com o pé no chão, percebia-se que estava cada vez mais impaciente. Por fim, como que falando consigo mesma, disse:

— Que estará a fazer aquele velho palerma? Devia ter trazido um chicote.

Saiu da sala com grandes passadas, no encalço do tio Andrew, sem deitar uma olhadela às crianças.

— Livra! — exclamou Polly, soltando um grande suspiro de alívio. — Agora tenho de ir para casa. É tardíssimo. Já vou ter de ouvir.

— Vai, mas volta logo que puderes — pediu Digory. — É assustador tê-la aqui. Temos de arranjar um plano.

— Isso é com o teu tio. Foi ele quem arranjou toda esta barafunda com a sua Magia, não foi?

— Mesmo assim, voltas, não voltas? Apesar de tudo, não podes deixar-me sozinho num sarilho como este.

— Vou para casa pelo túnel — declarou Polly num tom de voz frio. — É a maneira mais rápida. E, se queres que volte, não será melhor pedires-me desculpa?

— Desculpa?! — exclamou Digory. — Vejam lá se isto não é mesmo de rapariga! Que foi que *eu* fiz?

— Nada, claro — respondeu Polly com ar sarcástico. — Só quase me arrancaste a mão naquela sala com as imagens de cera, como um bruto e um cobarde. Só bateste no sino com o martelo, como um palerma e um idiota. Só te voltaste para trás no bosque, de modo que a bruxa teve tempo de te agarrar antes de saltarmos para o lago. Foi *só* isso.

— Oh! — exclamou Digory, surpreendido. — Está bem, peço-te desculpa. E estou mesmo arrependido do que aconteceu na sala das figuras de cera. Pronto, já pedi desculpa. E agora não sejas má e volta. Se não voltares, fico metido numa bela alhada.

— Não vejo porquê. É ao Senhor Ketterley que ela vai sentar em cadeiras a arder como ferro em brasa e a quem vai meter gelo na cama, não é?

— Não é isso. O que me preocupa é a minha mãe. Imagina que essa criatura entra no quarto dela. Pode morrer de susto...

— Oh, estou a ver — disse Polly numa voz muito diferente. — Pois bem. Vamos fazer as pazes. Eu volto... se puder. Mas agora tenho de ir.

Baixou-se para passar pela portinha que dava acesso ao túnel; e aquele sítio escuro, cheio de traves, que umas horas antes tanto os havia entusiasmado e despertado o seu espírito de aventura, parecia-lhe agora inofensivo e acolhedor.

Voltemos agora ao tio Andrew. O seu pobre coração cansado palpitava, enquanto ele ia descendo as escadas do sótão, a enxugar a testa com um lenço. Quando chegou ao quarto, que era no andar de baixo, fechou a porta à chave. A primeira coisa que fez foi tirar do guarda-fatos uma garrafa e um copo para vinho que ali tinha escondidos para a tia Letty não os encontrar. Encheu o copo com qualquer bebida desagradável, dessas que há para gente crescida, e engoliu-a de um trago. Depois soltou um suspiro profundo.

«Palavra de honra que estou terrivelmente perturbado», disse para consigo. «Muitíssimo abalado! E na minha idade!»

Encheu um segundo copo e bebeu-o também. Em seguida começou a mudar de roupa. Vocês nunca viram roupas dessas, mas eu recordo-me bem delas. Pôs um colarinho muito alto, reluzente e engomado, duns que faziam que se andasse sempre de queixo erguido. Vestiu um colete branco lavrado e dispôs a corrente do relógio de ouro à frente. Envergou a sua melhor casaca, a que guardava para casamentos e funerais. Tirou do armário o melhor chapéu alto que possuía e puxou-lhe o lustro. Em cima da cómoda encontrava-se uma jarra com flores (que a tia Letty ali havia posto); arrancou uma e enfiou-a na lapela. Da gavetinha da esquerda tirou um lenço lavado (um lenço encantador, como já não se fazem hoje) e deitou-lhe umas gotas de perfume. Pegou no monóculo, com a sua fita negra e grossa, e assestou-o ao olho. Depois mirou-se ao espelho.

Como sabem, há uma patetice que é própria das crianças e outra que é própria dos adultos. Nesse momento, o tio Andrew dava mostras da patetice das pessoas crescidas. Agora, que a Bruxa já não estava no mesmo quarto que ele, começava a esquecer-se rapidamente de como ela o assustara e a pensar cada vez mais na sua beleza estonteante. E não parava de dizer com os seus botões: «Que beleza de mulher, sim senhor. Que beleza de mulher. Uma criatura magnífica.» Também se tinha esquecido de que tinham sido as crianças a trazer essa «criatura magnífica» e sentia que tinha sido ele mesmo a atraí-la de mundos desconhecidos através da sua Magia.

«Andrew, meu velho», disse, olhando-se ao espelho, «estás muito bem conservado para a tua idade. E tens um ar muito distinto, sim senhor.»

Como vêem, o pateta começava a imaginar que a Bruxa se iria apaixonar por ele. É provável que as bebidas, bem como a melhor roupa que envergara, tivessem alguma coisa a ver com aquilo. Mas, de qualquer modo, era vaidoso como um pavão e fora por isso que se tornara mágico.

Abriu a porta, desceu a escada, mandou a criada chamar um cabriolé (naquele tempo toda a gente tinha uma data de criadas) e espreitou para a sala de estar. Aí, como esperava, encontrou a tia Letty, que estava muito atarefada a remendar um colchão. Este encontrava-se no chão, perto da janela, e ela estava ajoelhada ao lado dele.

— Ah, minha querida Letitia — disse o tio Andrew —, eu… bem… tenho de sair. Sê uma menina bonita e empresta-me aí umas cinco libras.

— Não, meu caro Andrew — respondeu a tia Letty na sua voz calma e firme, sem erguer os olhos do trabalho. — Já te disse vezes sem conta que não te empresto dinheiro.

— Por favor, não sejas assim, querida mana. É muitíssimo importante. Se não me emprestas esse dinheiro, deixas-me numa situação terrível.

— Andrew — redarguiu a tia Letty, fitando-o bem de frente —, não percebo como não tens vergonha de me pedir dinheiro.

Por detrás daquelas palavras havia uma longa história, dessas histórias sem graça de pessoas crescidas. Tudo o que precisam de saber é que o tio Andrew se oferecera para «tratar dos assuntos da tia Letty» e, sem nunca trabalhar, gastara largas quantias em brande e charutos e a tornara muito mais pobre do que ela era aos 30 anos.

— Não percebes, minha querida mana. Hoje vou ter umas despesas inesperadas. Tenho de me ocupar de uma pessoa. Vá lá, não sejas assim.

— E de quem te vais ocupar, Andrew? — perguntou a tia Letty.

— De… de uma visita muito distinta, que acabou de chegar.

— Distinta, uma treta! — exclamou a tia Letty. — A campainha não toca há uma hora.

Nesse momento, a porta abriu-se subitamente de par em par. A tia Letty olhou à sua volta e, para seu grande espanto, viu na soleira uma mulher enorme, magnificamente trajada, de braços nus e olhos dardejantes. Era a Bruxa.

7
O QUE ACONTECEU À PORTA DE CASA

— Então, escravo, quanto tempo vou ter de esperar pela minha carruagem? — perguntou a Bruxa com uma voz de trovão.

O tio Andrew recuou. Agora, que ela estava ali, todos os pensamentos tolos que tivera ao espelho se esboroavam. A tia Letty pôs-se imediatamente de pé e dirigiu-se ao meio da sala.

— Posso saber quem é esta jovem, Andrew? — perguntou numa voz gélida.

— Uma distinta forasteira… Uma… uma pessoa m… muito importante — tartamudeou o tio Andrew.

— Que disparate! — E, dirigindo-se à bruxa, a tia Letty prosseguiu: — Saia da minha casa imediatamente, sua descarada, de contrário mando chamar a polícia. — Pensava que a Bruxa trabalhava nalgum circo e a verdade é que reprovava mulheres de braços à mostra.

— Quem é esta mulher? — perguntou Jadis. — Já de joelhos, verme, antes que te desfaça em pó.

— Queira fazer o favor de ter cuidado com a língua nesta casa — disse a tia Letty.

No mesmo instante, o tio Andrew teve a impressão de que a Rainha se tornava ainda mais alta. Os seus olhos dardejavam fogo. Ergueu o braço com o mesmo movimento e proferiu as mesmas palavras que haviam reduzido a pó as portas do palácio de Charn. Porém, tudo o que aconteceu foi a tia Letty, pensando que se tratava de palavrões, dizer:

— Foi o que pensei! A mulher está embriagada! Embriagada! Nem sequer consegue falar como deve ser.

Deve ter sido um momento terrível para a Bruxa quando de súbito se apercebeu de que a capacidade que tinha de reduzir as pessoas a cinzas, que fora bem real no seu mundo, não funcionava neste. Mas nem por um segundo se deixou desconcertar; e, sem reflectir no seu desapontamento, precipitou-se para a frente, agarrou a tia Letty pelo pescoço e pelas pernas, ergueu-a muito acima da cabeça como se fosse uma boneca e atirou-a para o

outro lado da sala. Enquanto a tia Letty rodopiava no ar, a criada (que estava a ter uma manhã muito animada) enfiou a cabeça pela porta e informou:

— O cabriolé já chegou, Senhor Ketterley.

— Leva-me até lá, escravo — ordenou a Bruxa ao tio Andrew.

Este começou a resmonear qualquer coisa acerca de «violência lamentável... tenho de apresentar os meus protestos», mas, perante um olhar de Jadis, perdeu a fala. A Rainha arrastou-o para fora da sala e para fora de casa; e Digory correu pelas escadas abaixo mesmo a tempo de ver a porta da frente fechar-se atrás deles.

— Com mil diabos! — exclamou —, ela anda à solta em Londres, E com o tio Andrew. Só queria saber o que irá acontecer agora.

— Oh, menino Digory — exclamou a criada (que estava mesmo a ter um dia maravilhoso) —, acho que a sua tia se magoou.

Por isso correram ambos para a sala de estar a fim de verem o que se tinha passado.

Se a tia Letty tivesse caído sobre as tábuas do soalho ou mesmo em cima da carpete, acho que teria partido todos os ossos; mas, por sorte, caíra em cima do colchão. A tia Letty era uma senhora resistente, como tantas vezes acontecia com as tias naquele tempo. Depois de ter cheirado os seus sais e permanecido sentada durante alguns minutos, disse que só tinha ficado com umas nódoas negras. E dentro em pouco recuperou o domínio da situação.

— Sarah — disse à criada (que nunca tivera um dia assim) —, vai já até à esquadra e diz-lhes que anda uma louca perigosa à solta. Eu levo o almoço à Senhora Kirke. — Claro que a Senhora Kirke era a mãe de Digory.

Depois de lhe terem servido a refeição, foi a vez de Digory e de a tia Letty almoçarem. Em seguida, o rapazinho pôs-se a reflectir.

O problema agora era levar a Bruxa de volta para o seu próprio mundo ou, de qualquer forma, para fora do nosso tão depressa quanto possível. O que quer que acontecesse, ela não podia andar a fazer estragos pela casa. Não podia deixar a mãe vê-la. E, se possível, também tinha de ser impedida de andar a fazer estragos por Londres. Digory não estava na sala quando ela tentara «reduzir a pó» a ti Letty, mas vira-a «reduzir a pó» as portas de Charn; estava, por isso, a par dos seus terríveis poderes, embora ignorasse que perdera alguns ao chegar ao nosso mundo. E sabia que ela pretendia conquistá-lo. Nesse preciso momento é possível que estivesse a reduzir a cinzas o Palácio de Buckingham ou o Parlamento; e era quase certo que uns quantos polícias estivessem já transformados em montinhos de poeira. Não via maneira de fazer fosse o que fosse para resolver a situação. «Mas os anéis parecem funcionar como ímanes», pensava Digory. «Se eu conseguir tocar nela e enfiar o amarelo, vamos ambos parar ao Bosque entre os Mundos. Uma vez lá chegada, voltará a desfalecer? Aquilo será provocado pelo lugar ou apenas pelo choque de ser arrastada para fora do seu próprio mundo? Acho que tenho de arriscar. Mas como vou encontrar essa fera? Imagino que a tia Letty não me vai deixar sair agora, a menos que eu lhe diga aonde vou. E só tenho uns centavos. Para ir à procura dela por Londres, preciso de dinheiro para autocarros e eléctricos. De qualquer modo, não faço a menor ideia de onde hei-de ir procurá-la. O tio Andrew ainda estará com ela?»

Afinal, parecia-lhe que a única coisa a fazer era esperar que o tio Andrew e a Bruxa regressassem. Se tal acontecesse, correria a agarrá-la e poria o anel amarelo antes de ela ter oportunidade de entrar em casa. Isso significava que tinha de ficar de vigia à porta da frente como um gato de atalaia à toca de um rato, sem abandonar o posto por um só instante. Por isso foi até à sala de jantar e, como se costuma dizer, «colou o nariz» à janela. Era uma janela saliente, através da qual se avistavam os degraus da entrada e os dois lados da rua, de modo que ninguém se podia aproximar da porta sem ser visto. «Onde estará a Polly?», pensou Digory.

Ficou muito tempo a magicar nisto, enquanto a primeira hora se escoava lentamente. Mas vocês não precisam de ficar intrigados, pois eu vou contar-vos. Polly tinha chegado a casa tarde para o almoço, com os sapatos e as meias encharcadas. E, quando lhe perguntaram onde tinha estado e o que tinha andado a fazer, respondeu que saíra com Digory Kirke. Submetida a um interrogatório, explicou que tinha molhado os pés num lago e que o lago ficava num bosque. Quando quiseram saber onde ficava esse bosque, respondeu que não sabia. E, quando lhe perguntaram se ficava num dos parques, ela disse, sem fugir à verdade, que pensava tratar-se de uma espécie de parque. Por tudo isto, a mãe de Polly ficou com a ideia de que, sem dizer a ninguém, ela se deslocara até qualquer zona de Londres que não conhecia, visitara um parque e se entretivera a saltar para poças de água. Em consequência, disse-lhe que se tinha portado muito mal e que nunca mais a deixaria brincar com «aquele miúdo» se o mesmo voltasse a acontecer. A seguir dera-lhe o almoço mas só depois de retirar tudo o que era bom, e mandou-a para a cama durante duas horas, o que, naquele tempo, era uma coisa que acontecia com frequência às crianças.

Assim, enquanto Digory espreitava pela janela da sala de jantar, estava Polly deitada na cama; e ambos pensavam que era horrível sentir o tempo passar tão devagar. Eu próprio acho que preferia ter estado na situação de Polly, pois ela tinha apenas de esperar que passassem duas horas; mas, sempre que Digory ouvia uma carruagem, uma carroça de padeiro ou um rapaz do talho a virar a esquina, pensava «Lá vem ela», para descobrir, afinal, que se tratava de outras pessoas. E, entre esses falsos alarmes, durante o que lhe pareceu ser uma eternidade, ouvia o tiquetaque do relógio e uma grande mosca — lá no alto, onde não podia alcançá-la — a zumbir contra a janela. Era uma dessas casas muito silenciosas e enfadonhas durante a tarde, que dão a impressão de cheirar sempre a carneiro estufado.

Durante o tempo que passou à coca aconteceu uma coisa insignificante que tenho de referir, por dela ter resultado mais tarde uma coisa importante. Passou lá por casa uma senhora com umas uvas para a mãe de Digory; e, como a porta da sala de jantar estava aberta, Digory não pôde deixar de ouvir a tia Letty e a senhora a falarem na entrada.

— Que uvas maravilhosas! — dizia a tia Letty. — Creio que se alguma coisa lhe pode fazer bem, é isto. Mas pobrezinha da Mabel! Acho que vai ser precisa fruta da Terra da Juventude para a ajudar, pois nada deste mundo resulta.

Depois baixaram o tom de voz e disseram muito mais coisas que ele não conseguiu escutar.

Se Digory tivesse ouvido falar da Terra da Juventude uns dias antes, teria pensado que a tia Letty não se estava a referir a nada de especial, como os adultos costumam fazer, e aquilo não o teria interessado. E foi quase o que se passou daquela vez. Porém, Digory recordou-se subitamente de que agora sabia (embora a tia Letty o ignorasse) que havia mesmo outros mundos e que ele próprio tinha estado num deles. Por conseguinte, talvez houvesse algures uma Terra da Juventude. Podia existir praticamente tudo. Talvez em qualquer outro mundo houvesse frutos capazes de curar a sua mãe! E, e, e... Bem, vocês sabem como é quando se começa a ter esperança em qualquer coisa que se deseja desesperadamente; quase se luta contra a esperança, pois é demasiado bom para ser verdade e já se tiveram muitas desilusões... Era assim que Digory se sentia. Mas de nada servia tentar dominar a esperança. Lá bem no fundo, talvez aquilo fosse verdade. Já tinham sucedido tantas coisas estranhas! E ele tinha em seu poder os anéis mágicos. Devia haver outros mundos onde se podia chegar através dos lagos do bosque. Podia experimentar todos. E depois... Depois a mãe ficaria boa outra vez. Todos os problemas estariam resolvidos. Esqueceu-se completamente de ficar alerta à espera da Bruxa. Já levava a mão ao bolso onde tinha o anel amarelo, quando de súbito ouviu um som de galopada.

«Olá! Que é isto?», pensou. «Carro de bombeiros? Que casa estará a arder? Ó céus! Está a vir para aqui. Olha, é ela!»

Nem preciso de vos dizer a quem se referia com o «ela».

Primeiro chegou a tipóia, sem ninguém no lugar do condutor. Na capota — não sentada, mas de pé em cima dela, a oscilar com um equilíbrio extraordinário enquanto o veículo virava a esquina com uma roda no ar — ia Jadis, a Rainha das Rainhas e terror de Charn. Com os dentes à mostra e os olhos a cintilar como fogo, o cabelo comprido, seguia na sua esteira como a cauda de um cometa. Chicoteava o cavalo sem dó nem piedade. O animal tinha as narinas dilatadas e vermelhas e os flancos manchados de suor. Aproximou-se a galope da porta da frente, não atingindo por um triz o poste de iluminação, e empinou-se, apoiado nas patas traseiras. A tipóia foi chocar contra o candeeiro e desfez-se em pedaços. A Bruxa, com um salto magnífico, escapara a tempo, indo aterrar no dorso do animal. Escarranchada e inclinada para a frente, segredava-lhe qualquer coisa ao ouvido. Deviam ser coisas destinadas, não a acalmá-lo, mas a enfurecê-lo. Daí a pouco já o cavalo estava de novo apoiado nas patas traseiras e os seus relinchos eram como gritos; todo ele era cascos e dentes e olhos e crina desgrenhada. Só um cavaleiro extraordinário conseguiria montá-lo.

Antes de Digory ter recuperado o fôlego começaram a acontecer muitas outras coisas. Uma segunda tipóia surgiu a toda a brida no encalço da primeira e dela saltaram um homem gordo, de sobrecasaca, e um polícia. Depois chegou uma terceira tipóia com mais dois polícias. Em seguida apareceram cerca de vinte pessoas (na sua maioria moços de fretes) de bicicleta, todos a tocar a campainha e a gritar vivas e apupos. Por fim apareceu uma multidão a pé, todos encalorados por terem vindo a correr, mas manifestamente divertidos. Nas casas dessa rua houve janelas que se fecharam e em todas as portas apareceu uma criada ou um mordomo que queriam assistir à paródia.

Entretanto, um senhor de idade saía a custo dos destroços da primeira tipóia e várias pessoas se precipitavam para o ajudar; mas, com uns a puxá-lo para um lado e outros para outro, é bem provável que ele tivesse saído mais depressa sozinho. Digory suspeitou que o senhor de idade fosse o tio Andrew, embora não pudesse ver-lhe a cara, pois tinha o chapéu alto enterrado até ao queixo.

Digory correu para a rua ao encontro da multidão.

— Lá está a mulher! Lá está a mulher! — gritava o homem gordo a apontar para Jadis. — Cumpra o seu dever, senhor

guarda. Ela roubou-me coisas da loja no valor de muitos milhares de libras. Olhe para aquele colar de pérolas que tem ao pescoço. É meu. E ainda por cima pôs-me um olho negro.

— Foi mesmo, chefe — disse um homem da multidão — Ela deve ter feito um belo trabalho. Caramba! Que forte que ela é!

— Do que isso está a precisar é de um bife cru para passar o inchaço — adiantou um rapaz do talho.

— Vamos lá saber o que se passa aqui — inquiriu o mais importante dos polícias.

— O que eu lhe digo é que ela... — começou o homem gordo, mas logo alguém o interrompeu:

— Não deixem o velhote fugir! Foi ele quem a meteu nisto.

O senhor de idade, que por certo era o tio Andrew, conseguira pôr-se de pé e esfregava as mazelas.

— Vamos lá saber o que se passa — intimou o polícia, virando-se para ele.

— Uomfle... promf... chomf — disse a voz do tio Andrew de dentro do chapéu.

— Vamos lá acabar com isso — ordenou o polícia com ar severo. — Não tem graça nenhuma. Tire lá esse chapéu, está a ouvir?

Aquilo era mais fácil de dizer que de fazer. Todavia, depois de o tio Andrew se ter debatido em vão com o chapéu durante algum tempo, dois outros polícias agarraram na aba e arrancaram-no à força.

— Obrigado, obrigado — agradeceu o tio Andrew com uma voz débil. — Obrigado. Santo Deus, estou terrivelmente abalado. Se alguém me pudesse dar um copito de brande...

— Agora preste atenção, por favor — disse o polícia, puxando de um grande bloco de notas e de um lápis muito pequeno. — Aquela mulher está a seu cargo?

— Cuidado! — gritaram várias vozes.

O polícia deu um salto à retaguarda mesmo a tempo, pois o cavalo lançara um coice direito a ele, que provavelmente o teria morto. Depois a Bruxa fez girar a montada de modo a ficar de frente para a multidão, com as patas traseiras fincadas no passeio. Jadis empunhava uma faca comprida e reluzente, com a qual cortara os arreios que prendiam o animal à tipóia.

Durante todo esse tempo, Digory estivera a tentar pôr-se numa posição que lhe permitisse tocar na Bruxa, o que não era fácil porque do lado mais próximo havia demasiadas pessoas. E, para chegar ao outro lado, teria de passar entre os cascos do cavalo e as grades que rodeavam a casa. Se sabem alguma coisa sobre cavalos e, sobretudo, se tivessem visto em que estado estava aquele nesse momento, perceberiam que era uma coisa dificílima de fazer. Digory era muito entendido em cavalos, pelo que cerrou os dentes e preparou-se para dar uma corrida mal houvesse uma oportunidade favorável.

Um homem corado, de chapéu de coco, que abrira caminho até ficar à frente da multidão, exclamou:

— Olhe, senhor guarda, é no meu cavalo que ela está montada e foi a minha carruagem que ela fez em lascas.

— Um de cada vez, por favor, um de cada vez! — ordenou o polícia.

— Mas não há tempo — contrapôs o cocheiro. — Conheço esse cavalo melhor do que o senhor. Não é um cavalo qualquer. O pai dele era de um oficial de cavalaria. E, se essa mulher continua a excitá-lo, vai haver uma desgraça. Deixe-me chegar ao pé dele.

O polícia ficou todo contente por ter um bom pretexto para se afastar do cavalo. O cocheiro aproximou-se, fitou Jadis e falou com voz simpática:

— Olhe, menina, deixe-me alcançar-lhe a cabeça e já pode descer. É uma senhora e não quer ter todos estes brutos à perna, pois não? Quer é ir para casa tomar uma chavenazinha de chá e dormir uma soneca, para se sentir melhor. — Ao mesmo tempo, estendeu a mão para a cabeça do cavalo e disse: — Quieto, Strawberry, cavalo bonito. Fica sossegado.

Então, pela primeira vez, a Bruxa falou:

— Cão! — exclamou na sua voz fria e sonora, que se sobrepôs a todos os outros ruídos. — Larga a minha montada real, cão. Sou a Imperatriz Jadis.

8

A LUTA JUNTO AO CANDEEIRO

— Com que então Imperatriz? É o que vamos ver! — exclamou alguém.

Depois ouviu-se outra voz:

— Três vivas à Imperatriz de Colney Hatch! — E muitas outras vozes fizeram coro com as primeiras.

O rosto da Bruxa ruborizou-se e ela esboçou uma ligeira vénia. Contudo, quando os vivas se transformaram em gargalhadas, percebeu que tinham estado a troçar dela. A sua expressão modificou-se e ela passou a faca para a mão esquerda. Depois, sem um aviso, fez uma coisa tremenda. Com um movimento ágil e ligeiro, como se fosse a coisa mais natural deste mundo, estendeu o braço direito e arrancou uma das traves do candeeiro. Embora tivesse perdido alguns poderes mágicos no nosso mundo, não perdera a força e conseguia partir uma barra de ferro como se fosse um chupa-chupa. Atirou ao ar a sua nova arma, voltou a apanhá-la, brandiu-a e incitou o cavalo a avançar.

«É agora!», pensou Digory. Passou a correr entre o cavalo e o gradeamento e precipitou-se em frente. Se o animal se imobilizasse durante um segundo, podia agarrar a bruxa por um calcanhar. Enquanto corria ouviu um estrondo tremendo. Jadis desferira uma pancada com a barra de ferro no capacete do polícia. O homem sentia-se como um paulito de bólingue.

— Depressa, Digory! Temos de acabar com isto! — exclamou uma voz a seu lado. Era Polly, que desatara a correr para ir ter com ele no momento em que a haviam deixado sair da cama.

— És uma amiga a valer — disse Digory. — Agarra-te bem a mim. Tens de te ocupar do anel. É o amarelo, não te esqueças. E não o ponhas até eu dizer.

Ouviu-se uma segunda pancada e um segundo polícia caiu por terra. A multidão soltou um rugido irado:

— Dêem cabo dela! Apanhem umas pedras da calçada. Chamem os militares.

Todavia, a maioria das pessoas afastou-se o mais que pôde. Mas o cocheiro, que era evidentemente o mais corajoso e simpático dos presentes, mantinha-se perto do cavalo, esquivando-se de um lado para o outro de modo a evitar a barra de ferro, mas tentando sempre agarrar a cabeça de Strawberry.

Mais uma vez a multidão soltou protestos e gritos. Uma pedra zuniu sobre a cabeça de Digory. Depois ouviu-se a voz da Bruxa, límpida como um grande sino, como se ela se sentisse quase feliz:

— Canalhas! Vão pagar caro por isto quando eu conquistar o vosso mundo. Não vai restar pedra sobre pedra na vossa cidade. Vou fazer como em Charn, em Felinda, em Sórlis, em Bramandin.

Por fim, Digory conseguiu agarrá-la pelo tornozelo. A Rainha deu-lhe um pontapé com o calcanhar e atingiu-o na boca. A dor foi tão intensa que Digory a largou. Tinha o lábio cortado e a boca cheia de sangue. De muito perto chegou-lhe a voz do tio Andrew numa espécie de grito trémulo:

— Minha senhora... minha querida senhora... Pelo amor de Deus... Tenha compostura.

Digory tentou agarrar-lhe o tornozelo uma segunda vez e foi de novo repelido. Mais homens foram derrubados pela barra de ferro. Fez uma terceira tentativa e apanhou-lhe o calcanhar, que agarrou desesperadamente, enquanto gritava a Polly:

— Agora!

Depois... Oh, felizmente! Os rostos furibundos, assustados, desapareceram. As vozes furiosas, atemorizadas, desvaneceram-se. Todas, excepto a do tio Andrew. Mesmo ao lado de Digory, na escuridão, lamuriava-se:

— Oh, oh, estarei a delirar? Será o fim? Não aguento isto. Não é justo. Nunca quis ser Mágico. Foi tudo um mal-entendido. A culpa é da minha madrinha. Tenho de protestar contra isto. Ainda por cima, no meu estado de saúde. E uma família tão antiga do Dorsetshire...

«Que maçada!», pensou Digory. «Não queríamos trazê-lo. Por Deus, que salganhada!»

— Estás aí, Polly? — perguntou em voz alta.
— Sim, estou aqui. Pára de empurrar.
— Não estou... — começou Digory a dizer; mas, antes de poder continuar, as suas cabeças emergiram e ficaram banhadas pela luz cálida e verde do bosque. Ao saírem do lago, Polly exclamou:
— Olha! Também trouxemos o cavalo. E o Senhor Ketterley. E o cocheiro. Que grande complicação!

Mal a Bruxa percebeu que estava outra vez no bosque, empalideceu e curvou-se até o seu rosto tocar na crina do cavalo. Via-se que estava mesmo muito mal. O tio Andrew tremia. Contudo, Strawberry, o cavalo, abanou a cabeça e soltou um relincho alegre, parecendo sentir-se muito melhor. Pela primeira vez desde que Digory o vira, estava calmo. As orelhas, que tinham estado na horizontal, encostadas à cabeça, voltaram à posição habitual, e já não tinha os olhos ardentes de cólera.

— Muito bem, lindo cavalo — disse o cocheiro, dando-lhe palmadinhas no cachaço. — Assim é que é bonito. Calma.

Strawberry fez a coisa mais natural do mundo. Cheio de sede (o que não era para admirar), dirigiu-se lentamente para o lago mais próximo e entrou na água para beber. E Digory ainda estava agarrado ao calcanhar da feiticeira e Polly estava de mão dada com Digory. Uma das mãos do cocheiro estava pousada em Strawberry; e o tio Andrew, ainda muito trémulo, segurava a outra mão do cocheiro.

— Depressa! — esclamou Polly, olhando para Digory. — Os verdes!

Por conseguinte, o cavalo não chegou a beber. Em vez disso, todo o grupo deu consigo mergulhado na escuridão. Strawberry relinchava; o tio Andrew lamuriava. E Digory exclamou:
— Que sorte a nossa!

Após uma curta pausa, Polly perguntou:
— Não devíamos estar já a chegar?
— Parece que estamos a chegar a qualquer sítio — respondeu Digory. — Pelo menos, estou de pé sobre qualquer coisa sólida.
— Olha, agora que penso nisso, eu também estou — declarou Polly. — Mas por que será que está tão escuro? Achas que entrámos no lago errado?

— Talvez seja Charn — sugeriu Digory. — Só que voltámos a meio da noite.

— Não, não é Charn — afirmou a Bruxa. — É um mundo vazio. É o nada.

Na realidade, aquilo assemelhava-se extraordinariamente ao nada. Não havia estrelas. Estava tão escuro que não se viam uns aos outros e tanto fazia terem os olhos abertos como fechados. Debaixo dos seus pés havia qualquer coisa fresca e plana, que podia ser terra, mas por certo não era erva nem madeira. O ar era frio e seco e não corria uma aragem.

— Fui vítima da minha própria maldição — disse a Bruxa numa voz tremendamente calma.

— Oh, não diga isso — balbuciou o tio Andrew. — Minha querida senhora, por favor, não diga uma coisa dessas. As coisas não podem ser assim tão más. Ah… cocheiro… bom homem… por acaso não tens uma garrafinha contigo? Uma pinga de álcool vinha mesmo a calhar.

— Então, então — disse o cocheiro numa voz firme e forte. — Só vos peço que fiquem calmos. Ninguém tem ossos partidos? Ainda bem. Já é uma coisa por que podemos ficar gratos, e mais do que seria de esperar depois de termos caído por aqui abaixo. Ora bem, se caímos para algumas escavações, talvez para uma nova estação do metropolitano, há-de acabar por aparecer alguém para nos tirar daqui! E, se estamos mortos, o que me parece bem possível… bem, lembrem-se de que no mar acontecem coisas muito piores e que uma pessoa tem de morrer algum dia. E não há que ter medo se se levou uma vida decente. Se querem saber, acho que a melhor coisa a fazer para passar o tempo é cantarmos um hino.

E assim fez. Começou imediatamente a entoar um hino de acção de graças acerca de colheitas «a salvo no celeiro». Não era muito adequado para um lugar onde nada parecia ter brotado do solo desde o princípio dos tempos, mas era o hino de que se lembrava melhor. Tinha uma bela voz e as crianças fizeram coro com ele, o que lhes levantou o moral. O tio Andrew e a Bruxa é que não os acompanharam.

Estava o hino a chegar ao fim quando Digory sentiu alguém a tocar-lhe no cotovelo e, pelo cheiro a brande, a charutos e a roupa de qualidade, chegou à conclusão de que se tratava do tio

Andrew, que o afastava cautelosamente dos outros. Depois de percorrerem uma pequena distância, o velho pôs a boca tão perto da orelha de Digory que lhe fez cócegas e segredou:

— Escuta, meu rapaz. Enfia o anel e vamos embora daqui.

— Palerma! — exclamou a Bruxa, que tinha muito bom ouvido, saltando do cavalo. — Esqueceste-te de que eu consigo ouvir os pensamentos dos homens? Deixa o rapaz. Se tentas trair--me, a minha vingança será tão grande como nunca se viu desde o começo dos mundos.

— E se pensa que eu sou um patife capaz de me ir embora e de deixar num sítio destes a Polly, o cocheiro e o cavalo, está muito enganado — acrescentou Digory.

— És um miúdo mau e impertinente — disse o tio Andrew.

— Chiu! — interrompeu o cocheiro.

Puseram-se todos à escuta.

Finalmente, na escuridão, estava qualquer coisa a acontecer. Uma voz começara a cantar. Era muito ao longe e Digory não conseguia perceber de que direcção vinha o som. Umas vezes parecia vir de todas as direcções ao mesmo tempo. Outras, quase

lhe parecia que vinha da terra que pisavam. Os timbres mais baixos eram suficientemente profundos para serem a voz da própria terra. Não havia palavras. Quase nem sequer havia uma melodia. Mas era seguramente o som mais belo que alguma vez ouvira, de tal modo belo que mal se conseguia suportá-lo. O cavalo também parecia estar a gostar. Soltou o tipo de relincho que qualquer cavalo soltaria se, depois de ter passado anos atrelado a uma tipóia, se encontrasse de novo no campo onde brincara em potro e avistasse alguém de quem se recordava, e que gostava de ver, atravessar o campo para lhe levar um torrão de açúcar.

— Santo Deus! — exclamou o cocheiro. — Não é bonito?

Foi então que no mesmo instante se deram dois prodígios. Um, foi que à voz se juntaram de súbito outras vozes, tantas que não era possível contá-las. Harmonizavam-se com a primeira, embora fossem muito mais agudas: vozes frias, cristalinas, que provocavam arrepios. O segundo prodígio foi a escuridão lá no alto ficar de repente cintilante de estrelas. Estas não surgiram lentamente, uma a uma, como acontece nas noites de Verão. Num momento nada havia a não ser escuridão e, no momento seguinte, milhares de pontinhos luminosos despontaram no céu — estrelas isoladas, constelações e planetas, maiores e mais luminosos do que os do nosso mundo. Não havia nuvens. As novas estrelas e as novas vozes começaram exactamente ao mesmo tempo. Se tivessem ouvido e visto aquilo, como aconteceu a Digory, teriam tido a certeza de que eram as estrelas que cantavam e que era a primeira voz, a mais profunda, que tinha feito que surgissem e começassem a cantar.

— Deus seja louvado! — exclamou o cocheiro. — Se soubesse que havia coisas destas, teria sido um homem melhor durante toda a minha vida.

A voz na terra ia-se tornando mais sonora e mais triunfante; mas as vozes no céu, depois de cantarem alto durante algum tempo, começaram a esmorecer. E agora estava a passar-se outra coisa.

Muito ao longe, perto da linha do horizonte, o céu tornou-se cinzento. Uma brisa fresca começou a soprar. O céu, nesse sítio, foi-se tornando aos poucos cada vez mais pálido. Distinguiam-se os contornos escuros dos montes, recortados contra ele. E a voz continuava sempre a cantar.

Pouco tempo depois, a luz era suficiente para distinguirem os rostos uns dos outros. O cocheiro e as duas crianças estavam de boca aberta e tinham os olhos brilhantes; bebiam o som e era como se ele lhes recordasse qualquer coisa. A boca do tio Andrew também estava aberta, mas não de alegria. Era mais como se o queixo lhe tivesse caído e se tivesse separado do resto da cara. Tinha os ombros curvados e os joelhos a tremer. A voz não lhe agradava. Se pudesse fugir dela e enfiar-se na toca de um rato, tê-lo-ia feito. Porém, de certo modo, era como se a Bruxa entendesse a música melhor do que os outros. Estava de boca fechada, com os lábios apertados e os punhos cerrados. Desde que a canção começara, sentia que todo aquele mundo estava impregnado de uma Magia diferente da sua, mais intensa. E odiava aquilo. Teria destruído todo aquele mundo, ou todos os mundos, só para que a canção parasse. O cavalo tinha as orelhas fitas apontadas para a frente e virava-as de um lado para o outro. De quando em quando resfolegava e batia com os cascos no solo. Já não parecia uma pileca cansada de puxar uma tipóia e agora via-se bem que o pai participara em batalhas.

O céu a oriente passou de branco a rosa e de rosa a dourado. A voz ia-se tornando cada vez mais intensa, até fazer vibrar todo o ar. E, quando atingiu o seu som mais potente e glorioso, o Sol nasceu.

Digory nunca vira um sol assim. O Sol que iluminava as ruínas de Charn parecia mais velho do que o nosso, enquanto este parecia mais jovem. Poder-se-ia imaginar que ria de alegria ao subir ao céu. E, quando os seus raios banharam a terra, os viajantes viram pela primeira vez em que espécie de lugar se encontravam. Era um vale atravessado por um rio largo e veloz, que corria para leste, em direcção ao Sol. Para sul havia montanhas, para norte havia montes mais baixos. Mas o vale era constituído apenas por terra, rochas e água; não se avistava uma árvore, um arbusto, uma haste de erva. A terra era de muitas cores, intensas, quentes e luminosas, o que fazia com que uma pessoa se sentisse animada, até se ver o próprio Cantor e se esquecer tudo o resto.

Era um Leão. Enorme, felpudo, reluzente, fitava o Sol nascente. A cerca de trezentos metros deles, abria a boca numa canção.

— Este mundo é terrível — bradou a Bruxa. — Temos de fugir imediatamente. Preparem a Magia.

— Concordo em absoluto consigo, minha senhora — disse o tio Andrew. — É um lugar extremamente desagradável e nada civilizado. Se eu fosse mais novo e tivesse uma espingarda...

— Credo! — exclamou o cocheiro. — Não está a pensar que podia matá-lo, pois não?

— Quem seria capaz de fazer uma coisa dessas? — perguntou Polly.

— Prepara a Magia, velho tonto — ordenou Jadis.

— Com certeza, minha senhora — concordou o tio Andrew com um ar astuto, pois estava com vontade de se ir embora sem a Bruxa. — É preciso que os dois miúdos me toquem. Põe imediatamente o anel para regressar, Digory.

— Oh, então são anéis, não são? — exclamou Jadis, que teria metido a mão no bolso de Digory enquanto o diabo esfrega um olho, se este não tivesse agarrado Polly e gritado:

— Cuidado! Se se aproxima mais meio centímetro, nós os dois desaparecemos e vocês ficam aqui para sempre. Sim, tenho um anel no bolso com o qual posso ir para casa com a Polly. E olhe! Estou preparado. Por isso mantenha-se à distância. Lamento muito por si — prosseguiu, olhando para o cocheiro — e pelo cavalo, mas não posso fazer nada. Quanto a vocês — disse, fitando o tio Andrew e a Rainha —, são os dois Mágicos, de maneira que devem gostar de viver juntos.

— Parem lá com a barulheira — disse o cocheiro. — Quero ouvir a música.

É que a canção, agora, tinha mudado.

9
A FUNDAÇÃO DE NÁRNIA

O Leão andava de um lado para o outro naquela terra vazia a cantar a sua nova canção. Esta era mais suave e ritmada do que aquela com que havia chamado as estrelas e o Sol, uma música doce e sussurrante. E, enquanto caminhava e cantava, o vale ia-se cobrindo de erva verde, que brotava do Leão como um lago e cobria os flancos das colinas como uma onda. Pouco depois trepava pelas encostas mais baixas das montanhas distantes, tornando cada vez mais doce esse mundo jovem. Agora ouvia-se a brisa agitando a erva. Em breve haveria outras coisas para além da erva. As encostas mais altas escureceram, cobertas de urze. Manchas de um verde mais agreste e vivo surgiram no vale. Digory não sabia o que eram, até uma começar a subir e ficar muito próxima dele. Tratava-se de algo pequenino e espinhoso de onde despontavam dezenas de braços que se cobriam de verde e se iam tornando maiores a uma velocidade de cerca de um centímetro por segundo. Agora havia dezenas dessas coisas à sua volta. Quando quase tinham alcançado o seu tamanho, percebeu do que se tratava.

— Árvores! — exclamou.

O que aquilo tinha de aborrecido, como Polly diria mais tarde, era que não se podia ficar a ver em paz e sossego. No preciso instante em que Digory exclamou «Árvores!» teve de dar um salto, pois o tio Andrew esgueirara-se de novo até junto dele para lhe meter a mão no bolso. Não lhe teria servido de grande coisa realizar os seus intentos, pois ia meter a mão no bolso direito, dado ainda pensar que os anéis verdes eram «para regressar». Mas claro que Digory não queria perder nem uns nem outros.

— Pára! — ordenou a Bruxa. — Recua. Não, mais para trás. Se alguém ficar a menos de dez passos dos garotos, racho-lhe a cabeça. — Empunhava a barra de ferro que arrancara do candeeiro, pronta a lançá-la. E ninguém duvidava de que tinha boa pontaria. — Com que então ias voltar à socapa com o rapaz para o teu mundo e deixavas-me aqui...?

Por fim, o mau génio do tio Andrew sobrepôs-se aos seus temores.

— Pois ia, minha senhora — replicou. — Ia mesmo, sem dúvida. E tinha todo o direito de o fazer. Tenho sido tratado da forma mais vergonhosa e abominável. Fiz tudo para ser tão delicado quanto possível. E qual foi a recompensa? A senhora roubou. Tenho de repetir a palavra: roubou um joalheiro altamente respeitável. Insistiu em que eu lhe oferecesse um almoço extremamente dispendioso, para não dizer ostentatório, embora eu fosse obrigado a empenhar o meu relógio e a corrente só para o pagar. E deixe-me que lhe diga, minha senhora, que ninguém na nossa família tem por hábito frequentar lojas de penhores, excepto o meu primo Edward, e esse era um pequeno proprietário rural. Durante essa refeição indigesta, devido à qual me sinto o pior possível neste momento, o seu comportamento e a sua conversa atraíram a atenção desfavorável de todos os presentes. Sinto que sofri uma humilhação pública. Nunca mais poderei aparecer nesse restaurante. Atacou a Polícia. Roubou...

— Pare lá com isso, chefe — pediu o cocheiro. — Acabe com o paleio. O que há a fazer agora é ver e ouvir, e não falar.

Havia sem dúvida muito para ver e ouvir. A árvore em que Digory tinha reparado era agora uma bétula completamente desenvolvida, cujos ramos se agitavam docemente sobre a sua cabeça. Todos eles tinham os pés assentes em erva fresca e verde, salpicada de margaridas e rainúnculos. Um pouco mais longe, ao longo da margem do rio, cresciam salgueiros. Do outro lado rodeava-os um emaranhado de groselheiras, lilases, roseiras-bravas e rododendros, todos em flor. O cavalo trincava à boca cheia uma erva tenra e deliciosa.

Durante todo esse tempo, o Leão ia cantando e a sua marcha majestosa, de um lado para o outro, para a frente e para trás, não cessava. O mais alarmante era que a cada momento se aproximava um pouco mais. Polly achava a canção cada vez mais interessante, pois pensava que começara a perceber a relação entre a música e as coisas que aconteciam. Quando um renque de abetos escuros surgiu no cimo de uma cordilheira a cerca de cem metros de distância, sentiu que estavam ligados a uma série de notas profundas e prolongadas que o Leão emitira um segundo antes. E, quando este soltou uma série rápida de notas mais ligeiras, Polly não ficou surpreendida ao ver brotar subitamente prímulas por todo o lado. Assim, com uma emoção indizível, teve a certeza absoluta de que todas as coisas surgiam (como viria a dizer mais tarde) «da mente do Leão». Quando se ouvia a sua canção, ouviam-se as coisas que estava a inventar; e, quando se olhava em redor, viam-se essas mesmas coisas. Era tão emocionante que nem havia tempo para ter medo. No entanto, Digory e o cocheiro não podiam deixar de se sentir um pouco nervosos de cada vez que o Leão se aproximava. Quanto ao tio Andrew, estava com os dentes a bater, mas os joelhos tremiam-lhe de tal maneira que nem conseguia fugir.

De súbito, a Bruxa avançou com ar intrépido direita ao Leão, que, sem parar de cantar, continuava a aproximar-se, com passadas lentas e pesadas, até se encontrar apenas a doze metros de distância. A rainha ergueu o braço e arremessou-lhe a barra de ferro à cabeça.

Àquela distância ninguém, quanto mais Jadis, poderia ter falhado. A barra acertou-lhe mesmo entre os olhos, mas apenas de raspão, e caiu na erva com uma pancada surda. O Leão continuou a aproximar-se. A sua marcha não era mais lenta nem mais rápida do que antes; e nem sequer poderia dizer-se se ele sabia que tinha sido atingido. Apesar de as suas patas macias não fazerem ruído, sentia-se a terra vibrar sob o seu peso.

Com um grito, a Bruxa desatou a correr e dentro de instantes estava longe da vista, por entre as árvores. O tio Andrew virou-se para fazer o mesmo, tropeçou numa raiz e estatelou-se ao comprido, com a cara enfiada num riacho que ia desaguar no rio. As crianças sentiam-se incapazes de esboçar um movimento e nem tinham a certeza de o querer fazer. O Leão não lhes prestava atenção. Tinha a grande boca vermelha aberta, mas para cantar, e não para rugir. Passou tão perto deles que lhe poderiam ter tocado na juba. Sentiram um medo terrível de que se virasse e olhasse para eles, embora, de certo modo, desejassem que o fizesse. No entanto, ele ligava-lhes tanto como se fossem invisíveis ou inodoros. Depois de ter passado por eles e de haver andado mais uns passos, deu meia volta, passou de novo e continuou a sua marcha para leste.

O tio Andrew, a tossir e a cuspinhar, levantou-se e disse:

— Ouve, Digory, livrámo-nos daquela mulher e o bruto do Leão já se foi. Dá-me a mão e põe o anel imediatamente.

— Afaste-se — disse Digory, recuando. — Não te aproximes dele, Polly. Vem aqui para o meu lado. Estou a avisá-lo, tio Andrew. Se se aproxima mais um passo, desaparecemos.

— Faz o que te digo imediatamente, meu menino! — ordenou o tio Andrew. — És um rapaz extremamente desobediente e malcomportado!

— Nem pense! — ripostou Digory. — Queremos ficar aqui e ver o que acontece. Julguei que tinha vontade de conhecer outros mundos. Não gosta disto aqui?

— Gostar? — exclamou o tio Andrew. — Olha para o estado em que estou. E, ainda por cima, saí com o meu casaco e o meu colete melhores. — Não havia dúvida de que estava com um aspecto deplorável, sobretudo porque, quanto mais bem vestida está uma pessoa, com pior aspecto fica depois de se ter arrastado para fora dos destroços de uma tipóia e caído num riacho lamacento. — Não digo que este lugar não seja interessante — acrescentou. — Se fosse mais novo, talvez pedisse a um sujeito activo que viesse até aqui antes de mim. A um desses caçadores de caça grossa. Podia fazer-se qualquer coisa deste país. O clima é óptimo, nunca respirei ar como este. Creio que me teria feito bem se... se as circunstâncias fossem mais favoráveis. Se ao menos tivéssemos uma espingarda...

— Diabos levem as espingardas! — exclamou o cocheiro. — Acho que vou ver se dou uma boa esfregadela ao Strawberry. Esse cavalo tem mais juízo do que certos seres humanos que eu cá sei.

Aproximou-se de Strawberry e começou a emitir os assobios próprios dos moços de estrebaria.

— Ainda acha que era possível matar o Leão com uma espingarda? — perguntou Digory. — A barra de ferro não lhe fez grande mossa.

— Apesar de todos os seus defeitos, meu rapaz, ela é uma rapariga corajosa — respondeu o tio Andrew. — É preciso ter presença de espírito para fazer uma coisa daquelas. — Esfregou as mãos uma na outra e fez estalar os nós dos dedos, como se já não se recordasse de como se sentia atemorizado na presença da Bruxa.

— O que ela fez foi uma maldade — declarou Polly. — Que mal lhe tinha feito o Leão?

— Olá! Que é aquilo? — perguntou Digory, que se baixara para examinar qualquer coisa que se encontrava a uns escassos metros de distância. — Olha, Polly, anda cá ver!

O tio Andrew aproximou-se com ela, não porque quisesse ver, mas porque desejava manter-se perto das crianças, para o caso de haver uma oportunidade de roubar os anéis. Porém, quando viu aquilo para que Digory estava a olhar, até ele começou a ficar interessado. Era uma miniatura perfeita de um candeeiro, com menos de um metro de altura, mas que se estava a tornar mais alta e mais grossa enquanto a observavam; na realidade, estava a crescer como as árvores.

— Também está vivo... Quero dizer, está aceso — disse Digory.

E assim era, embora, como é evidente, com a luminosidade do sol fosse difícil ver a chamazinha dentro do vidro, a menos que se fizesse sombra sobre ela.

— Extraordinário, muitíssimo extraordinário — resmoneou o tio Andrew. — Nem eu sonhei alguma vez com Magia como esta. Estamos num mundo onde tudo, até um candeeiro, nasce e cresce. Que semente dará origem a um candeeiro?

— Não está a ver? — perguntou Digory. — Foi ali que a barra de ferro caiu. A barra que ela arrancou do candeeiro à porta da nossa casa. Cravou-se no solo e agora está a crescer sob a forma de um candeeiro pequenino.

Porém, nesse momento, não era assim tão pequeno, pois já tinha quase a altura de Digory.

— É isso! Magnífico, magnífico! — exclamou o tio Andrew, esfregando as mãos com mais força do que nunca. — Oh, oh! E riam-se eles da minha Magia! Aquela pateta da minha irmã pensa que eu sou maluco. Gostava de saber o que vão dizer agora. Descobri um mundo onde tudo brota do solo e cresce. E agora venham falar-me do Cristóvão Colombo! Que era a América comparada com isto? As possibilidades comerciais deste país são ilimitadas. Trazem-se umas peças de sucata para aqui, enterram--se e aparecem carruagens de caminho-de-ferro, barcos de guerra, o que se quiser, tudo novinho em folha. Não se gasta nada e vendem-se por bom preço em Inglaterra. Vou ficar milionário. E depois o clima! Já me sinto anos mais novo. Posso fazer disto umas termas. Uma boa casa de repouso rendia umas vinte mil libras por ano. Claro que terei de pôr umas quantas pessoas a par do segredo. A primeira coisa a fazer é abater esse monstro.

— É tal e qual como a Bruxa — disse Polly. — Só pensa em matar.

— E depois, no que me diz respeito — prosseguiu o tio Andrew, perdido no seu sonho —, sabe-se lá quanto tempo viveria se me instalasse aqui. E isso é uma coisa importante a ter em conta, quando se ultrapassam os sessenta anos. Não me admirava de não envelhecer nem mais um dia neste país! Magnífico! A Terra da Juventude!

—Oh! — exclamou Digory. — A Terra da Juventude! Acha que é mesmo? — Claro que recordava o que a tia Letty tinha dito à senhora que oferecera as uvas e essa doce esperança assaltava-o de novo. — Tio Andrew, acha que há alguma coisa aqui capaz de curar a mãe?

— De que estás a falar? — perguntou o tio Andrew. — Isto não é uma farmácia. Mas, como ia dizendo...

— Não se rala nada com ela — disse Digory, furioso. — Pensei que fosse diferente. Afinal, a minha mãe é sua irmã. Bem, não importa. Vou perguntar ao Leão se me pode ajudar.

Deu meia-volta e afastou-se com brusquidão. Polly esperou um instante e depois seguiu-o.

— Anda cá! Pára! Volta! O rapaz endoideceu! — exclamou o tio Andrew.

Seguiu as crianças a uma distância considerável, pois nem queria afastar-se demasiado dos anéis verdes, nem aproximar-se demasiado do Leão.

Dentro de poucos minutos, Digory chegou à orla do bosque e parou. O Leão continuava a cantar, mas a canção tinha mudado outra vez. Assemelhava-se mais a uma melodia, mas era também bastante mais selvagem. Dava vontade de correr, de pular e de trepar. Dava vontade de gritar. Dava vontade de saltar num ímpeto até junto de outra pessoa e de a abraçar ou de lutar com ela. Fez Digory ficar cheio de calor e todo corado. Produziu um certo efeito sobre o tio Andrew, pois o sobrinho ouviu-o dizer:

— Uma rapariga corajosa, sim senhor. Só é pena ter aquele mau feitio, mas, mesmo assim, é uma bela mulher, uma mulher e peras.

Todavia, o efeito da canção sobre os seres humanos não se podia comparar com o que tinha sobre o que os rodeava.

Será possível imaginar uma faixa de terra coberta de erva a borbulhar como água num caldeirão? Pois esta é de facto a melhor descrição possível do que se estava a passar. Em todas as direcções, a terra ondulava formando bossas. Estas eram de tamanhos muito diferentes, algumas apenas montículos de terra, outras tão grandes  como carrinhos de mão virados ao contrário, duas do tamanho de choupanas. As corcovas moviam-se e inchavam até rebentarem, a terra esboroada saltava delas e de cada bossa brotava um animal. As toupeiras emergiam como qualquer toupeira sai do solo em Inglaterra. Os cães apareciam a ladrar no momento em que libertavam a cabeça e a espernear como quando passam por uma abertura estreita numa sebe. Os veados eram os mais estranhos, pois, como é evidente, as hastes surgiam muito antes do resto do corpo, pelo que a princípio Digory pensou tratar-se de árvores. As rãs, que apareceram perto do rio, iam direitas a ele com um plop-plop e um coaxar sonoro. As panteras, os leopar-

dos e outros animais do género sentavam-se imediatamente a lamber a terra das patas traseiras e depois punham-se de pé contra as árvores a afiar as garras das dianteiras. Bandos de aves surgiam das árvores. Borboletas adejavam as asas. Abelhas afadigavam-se à volta das flores, como se não tivessem um segundo a perder. Mas o momento mais magnífico de todos foi  quando a maior bossa se quebrou como um pequeno tremor de terra e dela surgiu o dorso inclinado, a cabeça grande e sábia e as quatro patas, como que envergando calças largas, de um elefante. Agora mal se ouvia a canção do Leão, tais eram os grasnidos, os arrulhos, os cacarejos, os relinchos, os latidos, os mugidos, os balidos e os bramidos.

No entanto, embora Digory já não conseguisse ouvir o Leão, ainda o via. Este era tão grande e de uma cor tão viva que não era possível desviar dele os olhos. Todavia, os outros animais não pareciam ter-lhe medo. Nesse preciso instante, Digory ouviu o som de cascos atrás de si e, um segundo mais tarde, o velho cavalo que puxara a tipóia passou a trote por ele para se ir reunir aos outros animais. (Dava a impressão de que o ar estava a fazer-lhe bem, como acontecera com o tio Andrew, pois já não parecia aquele escravo velho e desgraçado que fora em Londres; levantava as patas bem alto e avançava de cabeça erguida.) Agora, pela primeira vez, o Leão estava em completo silêncio e andava de um lado para o outro entre os animais. De quando em quando

aproximava-se de dois deles (sempre de dois ao mesmo tempo) e tocava com o seu focinho no deles. Tocou em dois castores entre todos os castores, em dois leopardos entre todos os leopardos, num veado e numa corça entre todos os veados, sem se ocupar dos outros. Em alguns tipos de animais parecia nem reparar, mas os pares em que tocava deixavam imediatamente os da sua espécie e seguiam-no. Por fim imobilizou-se e todos aqueles em que havia tocado se aproximaram e formaram um vasto círculo à sua volta. Os outros começaram a afastar-se e as suas vozes perderam-se aos poucos na distância. Os animais escolhidos estavam agora num silêncio profundo, todos com o olhar fixo no Leão. De vez em quando, os felinos agitavam a cauda, mas, à parte isso, estavam todos imóveis. Pela primeira vez nesse dia, o silêncio era total, excepto no que dizia respeito ao ruído da água a correr. O coração de Digory batia descompassado, pois ele sabia que iria acontecer qualquer coisa muito solene. Não se esquecera da mãe; mas sabia muito bem que nem mesmo por ela podia interromper uma coisa daquelas.

O Leão, que nunca pestanejava, fitava os animais com tanta intensidade como se os fosse queimar com o olhar. E, pouco a pouco, qualquer coisa mudou. Os bichinhos mais pequenos — coelhos, toupeiras e outros do género — tornaram-se bastante maiores. E os muitos grandes — saltava mais à vista com os elefantes — tornaram-se um bocado mais pequenos. Muitos animais sentaram-se sobre as patas traseiras. Quase todos puseram a cabeça de lado, como se estivessem a fazer um esforço para compreender. O Leão abriu a boca, mas sem que dela saísse qualquer

som; em vez disso, soltou um grande bafo cálido, que pareceu fazer oscilar todos os bichos, como o vento faz oscilar um renque de árvores. Lá no alto, para além do véu do céu azul que as encobria, as estrelas recomeçaram a cantar uma música pura, fria e difícil. Depois houve um clarão rápido como fogo (mas que não queimou ninguém), vindo do céu ou do próprio Leão, e cada gota de sangue formigou no corpo das crianças, que ouviram a voz mais profunda e mais bravia que alguma vez tinham escutado dizer:

— Nárnia, Nárnia, Nárnia, acorda. Ama. Pensa. Fala. Sê as Árvores que caminham. Sê os Animais Falantes. Sê as Águas divinas.

10
O PRIMEIRO GRACEJO
E OUTROS ASSUNTOS

Claro que se tratava da voz do Leão. Havia muito que as crianças estavam certas de que ele podia falar; porém, ouvi-lo foi um choque simultaneamente maravilhoso e terrível.

Das árvores saíam figuras ligadas à natureza, deuses e deusas dos bosques; acompanhavam-nos Faunos, Sátiros e Anões. Do rio

ergueu-se o Deus do Rio, com as suas filhas, as Náiades. E todos eles, bem como todos os animais, com as suas diferentes vozes, baixas ou altas, grossas ou finas, responderam:

— Salve, Aslan. Ouvimos e obedecemos. Estamos acordados. Amamos. Pensamos. Falamos. Sabemos.

— Mas, por favor, ainda não sabemos muito — disse uma voz nasalada e resfolegante. E isso fez as crianças darem um salto, pois quem falava era o Cavalo da tipóia.

— Olha o Strawberry — disse Polly. — Ainda bem que ele foi um dos escolhidos para ser um Animal Falante.

O cocheiro, que agora se encontrava ao lado dos garotos disse:

— Estou parvo. Embora sempre tenha dito que esse Cavalo tinha muito tino...

Criaturas, dou-vos os vossos seres — disse a voz forte e feliz de Aslan. — Dou-vos este reino de Nárnia para sempre. Dou-vos os bosques, os frutos e os rios. Dou-vos as estrelas e dou-vos o meu ser. Os animais irracionais que não escolhi também são vossos. Tratem-nos bem e acarinhem-nos, mas não os imitem, ou deixareis de ser Animais Falantes. Foi deles que vos tirei e a eles podeis regressar, mas não o façam.

— Não, Aslan, não o faremos, não o faremos — disseram todos.

— Nem pensar! — acrescentou uma Gralha atrevida em voz sonora.

Como já todos tinham acabado de falar antes de ela dizer aquilo, as suas palavras ouviram-se distintamente no silêncio profundo; e talvez vocês saibam como isso é terrível quando se está em grupo. A Gralha ficou tão envergonhada que escondeu a cabeça debaixo da asa, como se fosse dormir. E todos os outros animais começaram a emitir ruídos estranhos, que era a sua maneira de rir e que, como é evidente, nunca ninguém ouvira no nosso mundo. A princípio tentaram reprimir o riso, mas Aslan disse:

— Riam sem receio, criaturas. Agora, que já não sois mudas nem irracionais, não precisais de estar sempre sérias. Pois os gracejos, tal como a justiça, acompanham a fala.

Por isso, ficaram todos à vontade. E foram tais as gargalhadas que a própria Gralha recuperou a coragem e se empoleirou na cabeça do Cavalo, entre as suas orelhas, a bater as asas, dizendo:

— Aslan! Aslan! Fui eu quem disse o primeiro gracejo? Todos vão saber que fui eu quem disse o primeiro gracejo?

— Não, minha amiga — respondeu o Leão. — Tu não disseste o primeiro gracejo. Tu foste o primeiro gracejo.

Então, todos riram mais do que nunca; mas a Gralha não se importou e continuou a rir às gargalhadas até o Cavalo sacudir a cabeça, o que a fez perder o equilíbrio e cair; valeu-lhe lembrar-se das asas (que ainda eram uma coisa nova para ela) antes de chegar ao chão.

— Agora — prosseguiu Aslan —, Nárnia está criada. Em seguida temos de pensar em preservá-la. Vou designar alguns de vós para serem meus conselheiros. Venham até junto de mim, tu, Anão, tu, Carvalho, tu, Mocho, os dois Corvos e o Elefante macho. Temos de conversar. Pois, embora o nosso mundo ainda não tenha cinco horas, o mal já entrou nele.

Os seres que nomeara avançaram e Aslan encaminhou-se para leste com eles. Os outros começaram a falar e a dizer coisas deste género:

— Umal? Quem é o Umal? Não, ele não disse o Umal, disse o Umau. Que é isso?

— Escuta — disse Digory a Polly —, tenho de ir atrás dele. De Aslan, quero eu dizer, do Leão. Tenho de falar com ele.

— Achas que podemos? — perguntou Polly. — Eu cá não me atrevo.

— Mas eu tenho de ir — insistiu Digory. — É por causa da minha mãe. Se alguém me pode dar qualquer coisa que lhe faça bem, é ele.

— Eu vou contigo — anunciou o cocheiro. — Gostei dele. Julgo que os outros animais não nos vão atacar. E quero dar umas palavrinhas ao Strawberry.

Por isso avançaram os três ousadamente — ou, pelo menos, tão ousadamente quanto podiam — em direcção à assembleia de animais. Estes estavam tão ocupados a falar uns com os outros e a fazer amigos que nem repararam nos três seres humanos até estes se encontrarem muito próximos, e também não ouviram o tio Andrew que, com as suas botas de abotoar, todo trémulo e a uma distância considerável, gritava (embora de modo nenhum no máximo da sua voz):

— Digory! Volta! Voltas imediatamente quando eu te mando! Proíbo-te de dares mais um passo!

Quando já estavam mesmo entre os animais, estes pararam de falar e fitaram-nos.

— Em nome de Aslan, quem são estes? — perguntou o Castor.

— Por favor... — começou Digory a dizer em voz ofegante, quando um Coelho o interrompeu:
— Creio que são uma espécie de grandes alfaces.
— Não somos nada, palavra que não somos — apressou-se Polly a explicar. — Não prestamos para comer.
— Olhem! — exclamou a Toupeira. — Eles sabem falar. Quem já ouviu uma alface a falar?
— Talvez sejam o segundo gracejo — sugeriu a Gralha.
Uma Pantera que estivera a lavar o focinho parou por um instante para dizer:
— Bem, se são, não se comparam com o primeiro. Pelo menos, não os acho lá muito engraçados. — Bocejou e continuou com as lavagens.
— Oh, por favor — suplicou Digory. — Estou com tanta pressa! Preciso de falar com o Leão.
Durante todo esse tempo, o cocheiro tinha estado a tentar chamar a atenção de Strawberry. Finalmente, conseguiu.

— Strawberry, meu bom amigo. Lembras-te de mim? Não vais ficar aí especado e dizer que não me reconheces...

— Do que está a coisa a falar, Cavalo? — perguntaram várias vozes.

— Bem — respondeu Strawberry com lentidão —, não sei ao certo. Acho que ainda há muitas coisas que a maioria de nós não sabe. Mas tenho ideia de já ter visto uma coisa destas. Tenho a sensação de ter vivido em qualquer outro sítio antes de Aslan nos acordar, há minutos. É tudo muito confuso. Como um sonho. Mas havia coisas como estas três, no sonho.

— O quê? — exclamou o cocheiro. — Não me reconheces? A mim, que costumava levar-te uma papa de farelos quentinha ao fim da tarde, quando estavas em baixo de forma? A mim, que te escovava? A mim, que nunca me esquecia de te tapar com um pano quando estavas ao frio? Nunca esperei isso de ti, Strawberry.

— Começo a recordar-me — disse o Cavalo com ar pensativo. — Sim, deixa-me pensar. Pois é, costumavas atrelar-me a uma coisa preta e horrorosa e bater-me para me obrigares a correr; e, por muito que corresse, tinha sempre essa coisa preta a chocalhar atrás de mim.

— Tínhamos de ganhar a vida, percebes? — explicou o cocheiro. — A tua e a minha. Se não houvesse trabalho nem chicote, também não havia estábulo, nem feno, nem papas, nem aveia. O que ninguém pode negar é que te dava uma pitada de aveia sempre que podia.

— Aveia? — repetiu o Cavalo, arrebitando as orelhas. — Sim, recordo-me disso. Sim, estou a recordar-me cada vez melhor. Ias sempre sentado lá atrás e eu a correr à frente, a puxar-te a ti e à coisa preta. O que sei é que era eu a fazer o trabalho todo.

— No Verão, não digo que não — confessou o cocheiro. — O calor e o trabalho para ti, e um assento fresco para mim. Mas no Inverno, meu amigo, quando tu te mantinhas quente da corrida e eu ia sentado com os pés gelados, o nariz quase arrancado pelo vento e as mãos tão dormentes que mal conseguia empunhar as rédeas?

— Era um país duro e cruel — disse Strawberry. — Não havia erva. Só pedras duras.

— É verdade, amigo, é bem verdade — concordou o cocheiro. — Era um mundo duro. Eu sempre disse que as pedras da calçada não eram boas para os cavalos. Londres é assim. E era tão mau para mim como para ti. Tu eras um cavalo do campo e eu um homem do campo. Costumava cantar no coro, lá na minha aldeia. Mas não dava para ganhar a vida.

— Oh, por favor — implorou Digory. — Podemos seguir? O Leão estás a afastar-se cada vez mais. E eu preciso imenso de falar com ele.

— Ouve, Strawberry — disse o cocheiro. — Este menino tem qualquer coisa para falar com o Leão, com esse a quem chamam Aslan. Acho que podias deixá-lo montar-te (o que para ele seria muito bom) e levá-lo até ele. E eu e a garota íamos atrás de vocês.

— Montar? — indignou-se Strawberry. — Ah, sim, recordo-me agora. Isso significa sentarem-se no meu dorso. Recordo-me de um pequenino, da vossa raça de duas pernas, que costumava fazer isso. E ele tinha uns quadradinhos duros de qualquer coisa branca que me dava. Eram maravilhosos, mais doces do que a erva.

— Ah, devia ser açúcar — sugeriu o cocheiro.

— Por favor, Strawberry — suplicou Digory. — Deixa-me subir e leva-me até Aslan.

— Bem, não me importo — retorquiu o cavalo. — Por uma vez, pode ser. Sobe lá.

— Lindo cavalo! — exclamou o cocheiro. — Espere aí, menino, que eu ajudo.

Pouco depois Digory estava montado em Strawberry, e muito à vontade, pois já tinha montado o seu pónei em pêlo.

— Vamos lá então, Strawberry — disse.

— Por acaso não trazes contigo um bocadinho dessa coisa branca? — perguntou o Cavalo.

— Lamento muito, mas não — respondeu Digory.

— Bem, então deixa lá — disse Strawberry. E meteram-se a caminho.

Nesse momento, um grande buldogue, que tinha estado a farejar e a olhar atentamente, disse:

— Olhem, não há outro desses seres esquisitos além, ao pé do rio, debaixo das árvores?

Então todos os animais olharam e viram o tio Andrew, de pé, muito quieto, entre os rododendros, à espera de passar despercebido.

— Venham! — exclamaram várias vozes. — Vamos ver o que é.

Assim, enquanto Strawberry se afastava num trote rápido numa direcção (e Polly e o cocheiro o seguiam a pé), a maioria dos animais corria tentando alcançar o tio Andrew, com rugidos, latidos, grunhidos e vários outros sons que traduziam o seu interesse e entusiasmo.

Temos agora de voltar um pouco atrás e explicar o que toda a cena significara para o tio Andrew. Não lhe deixara a mesma impressão que ao cocheiro e às crianças. Pois o que se vê e ouve depende em grande medida de onde se está; e também do género de pessoa que se é.

Desde que os animais tinham começado a aparecer, o tio Andrew fora recuando cada vez mais, até ficar a coberto da vegetação. Claro que os observava com toda a atenção, embora, no fundo, não estivesse interessado em saber o que estavam a fazer, mas apenas em ver se iam precipitar-se para ele. Tal como a feiticeira, era horrivelmente prático. Só que não se apercebeu de que Aslan escolhia um par de cada espécie de animais. Tudo o que viu, o que pensou que viu, foi uma quantidade de animais selvagens e perigosos a vaguearem sem rumo. E não cessava de perguntar a si próprio por que motivo os outros animais não fugiam do enorme Leão.

Quando o grande momento chegou e os animais falaram, não percebeu nada do que se estava a passar, por uma razão muito interessante. Quando o Leão começara a cantar, havia muito tempo, quando ainda estava tudo escuro, o tio Andrew apercebera-se de que o som era uma canção. E esta não lhe agradara mesmo nada, pois fazia-o pensar em coisas e sentir coisas em que não queria pensar e que não queria sentir. Depois, quando o Sol rompeu e viu que o cantor era um Leão («apenas um leão», como disse a si mesmo), fez o possível por acreditar que ele não estava, nem nunca estivera, a cantar, mas apenas a rugir, como qualquer leão num jardim zoológico do nosso mundo. «Evidentemente que não é possível que tenha estado a cantar», pensou. «Deve ter sido imaginação minha. Os meus nervos andam destrambelhados. Quem já ouviu um leão a cantar?» E, quanto mais longo e mais belo era o canto do Leão, mais o tio Andrew se tentava convencer de que só ouvia rugidos. E o problema de uma pessoa se tentar fazer mais estúpida do que na realidade é reside no facto de muitas vezes o conseguir. Foi o que aconteceu com o tio Andrew. Daí a pouco só ouvia rugidos na canção de Aslan. E dentro em breve não poderia ter ouvido mais nada, ainda que tivesse querido. Quando, por fim, o Leão falou e disse: «Nárnia, acorda», não ouviu palavras nenhumas, mas apenas um rosnido. E, quando os animais responderam, ouviu apenas latidos, rosnadelas, relinchos e uivos. E quando riram... Bem, podem imaginar... Isso foi pior para o tio Andrew do que tudo o que já lhe acontecera. Nunca na vida ouvira uma barulheira tão horrenda e violenta produzida por animais esfomeados e furiosos. Depois, enraivecido e aterrorizado, viu os outros três seres humanos dirigirem-se ao encontro dos animais.

«Palermas!», pensou. «Agora aqueles brutos vão comer as crianças e engolir os anéis, e eu nunca mais poderei voltar para casa. Como o Digory é egoísta! E os outros são tão maus como ele. Se não têm amor à vida, é lá com eles. Mas e eu? Nem parecem pensar nisso. Ninguém se lembra de mim.»

Por fim, quando uma multidão de animais correu direita a ele, deu meia-volta e desatou a fugir. Foi então que se viu como o ar daquele mundo jovem estava a fazer bem ao velhote. Em Londres era demasiado velho para correr; mas ali corria a uma velocidade que, sem sombra de dúvida, lhe teria permitido ganhar os cem metros em qualquer escola secundária de Inglaterra. Dava gosto ver as abas da casaca a esvoaçarem atrás dele. É óbvio que isso de nada lhe serviu. Muitos dos animais que seguiam no seu encalço eram mais velozes. Tratava-se da primeira corrida que davam na vida e estavam ansiosos por trabalhar os seus novos músculos.

— Atrás dele! Atrás dele! — gritavam. — Talvez seja o Umau! Vamos apanhá-lo! Cortem-lhe o caminho! Cerquem-no! Impeçam-no de continuar! Viva!

Dentro de instantes, alguns deles ultrapassaram-no, dispuseram-se em linha e barraram-lhe o passo. Outros impediram-no de recuar. Para onde quer que olhasse, só via horrores. As hastes de grandes alces e o focinho enorme de um elefante a dominá-lo lá do alto. Ursos e javalis, pesados e sérios, rosnando atrás dele. Leopardos e panteras, de ar calmo e expressão sarcástica (pelo menos era o que pensava), fitando-o e abanando a cauda. O que mais o impressionou foi o grande número de bocas abertas. Na realidade, os animais tinham a boca aberta porque estavam ofegantes, mas ele pensava que era para o comerem.

O tio Andrew tremia e balançava o corpo de um lado para o outro. Nunca gostara de animais, nem nos melhores momentos, e em geral tinha medo deles. Sem dúvida que anos de cruéis experiências feitas com animais o tinham feito odiá-los e receá-los ainda mais.

— Ora diga-me lá — interpelou-o o Buldogue com os seus modos práticos —, o senhor é um animal, um vegetal ou um mineral?

Isto foi o que ele disse, mas tudo o que o tio Andrew ouviu foi: «Gr-r-r-arrr-au!»

11

DIGORY E O TIO EM APUROS

Vocês podem pensar que os animais eram muito estúpidos por não verem imediatamente que o tio Andrew pertencia à mesma espécie de seres vivos que as crianças e o chocheiro. Mas devem lembrar-se de que os animais nada sabiam sobre vestuário. Pensavam que o vestido de Polly, o fato de Digory e o chapéu do cocheiro faziam parte deles, como as suas penas e os seus pêlos. E nem teriam ficado a perceber que pertenciam os três à mesma espécie se não tivessem falado com eles e se Strawberry não o tivesse confirmado. Além disso, o tio Andrew era muito mais alto do que os garotos e um bom bocado mais magro do que o cocheiro. Estava todo vestido de preto, à excepção do seu colete branco (nessa altura já não tão branco como isso); e a sua grande cabeleira grisalha (agora mais desgrenhada que nunca) não se assemelhava a nada do que tinham visto nos outros três seres humanos. Por isso, é muito natural que estivessem intrigados.

O pior de tudo é que, embora tentasse, ele parecia não saber falar. Quando o Buldogue lhe dirigiu a palavra (ou, como ele pensou, a primeira vez que arreganhou os dentes e lhe rosnou), estendeu a mão trémula e disse em voz ofegante: «Lindo cãozinho, então, pequenino?» Mas os animais percebiam-no tão mal como o tio Andrew os percebia a eles, pois não ouviram palavras, mas apenas um vago ruído sibilante. Talvez isso fosse bom, pois nenhum cão que eu conheça, quando mais um cão falante, de Nárnia, gosta que o tratem por «lindo cãozinho, então», tal como vocês não gostariam que vos chamassem «lindo homenzinho».

Depois o tio Andrew desmaiou e caiu por terra.

— Olhem! — exclamou um Javali. — É uma árvore. Foi o que sempre pensei. (Lembrem-se de que os animais nunca tinham assistido a um desmaio, nem sequer a uma queda.)

O Buldogue, que tinha estado a farejar o tio Andrew de uma ponta à outra, disse:

— É um animal. De certeza que é um animal. E provavelmente da mesma espécie que os outros.

— Não me parece — respondeu um dos Ursos. — Um animal não rolava assim. Nós somos animais e não rolamos. Mantemo-nos de pé. Assim. — Ergueu-se apoiado nas patas traseiras, deu um passo à retaguarda, tropeçou num tronco baixo e caiu de costas.

— O terceiro gracejo, o terceiro gracejo, o terceiro gracejo! — exclamou a Gralha, toda excitada.

— Continuo a pensar que é uma espécie de árvore — insistiu o Javali.

— Se é uma árvore — retorquiu o outro Urso —, pode ter um ninho de abelhas.

— Estou certo de que não é uma árvore — declarou o Texugo. — Tenho a impressão de que estava a tentar falar antes de ter caído.

— Isso era o vento a agitar os ramos — disse o Javali.

— Não estás a pensar que é um Animal Falante! — exclamou a Gralha, dirigindo-se ao Texugo. — Não disse uma palavra.

Foi a vez de o Elefante falar (o elefante fêmea, bem entendido, pois, como se devem recordar, Aslan tinha chamado o marido):

— Mas, mesmo assim, pode ser um animal qualquer. Esta coisa esbranquiçada na ponta não será uma espécie de focinho? Claro que não tem nariz. Mas não podemos ter vistas curtas. Muito poucos de nós têm um verdadeiro nariz — concluiu, estendendo a tromba com justificável orgulho.

— Oponho-me com toda a veemência a essa observação — disse o Buldogue.

— A mulher do Elefante tem razão — disse o Tapir.

— Eu explico-vos! — exclamou o Burro com um ar espertalhão. — Talvez seja um animal que não sabe falar, mas pensa que sabe.

— Será possível pô-lo de pé? — perguntou a mulher do Elefante, pensativa. Com todo o cuidado, levantou com a tromba o corpo flácido do tio Andrew e pô-lo de pé; infelizmente, de pernas para o ar, de modo que lhe caíram do bolso uma data de moedas. O tio Andrew limitou-se a desfalecer de novo.

— Olhem! — exclamaram várias vozes. — Não é nada um animal. Não é um ser vivo.

— Digo-vos que é um animal — insistiu o Buldogue. — Cheirem-no, se querem ver.

— Cheirar não é tudo — retorquiu a mulher do Elefante.

— Se não podemos confiar no nosso nariz, em que poderemos confiar? — perguntou o Buldogue.

— Talvez nos miolos — respondeu ela em voz branda.

— Oponho-me com toda a veemência a essa observação — repetiu o Buldogue.

— Bem, temos de fazer qualquer coisa — disse o Elefante fêmea. — Isto porque pode ser o Umau e temos de o mostrar ao Aslan. Que pensa a maioria? É um animal ou qualquer coisa do género de uma árvore?

— Árvore! Árvore! — gritou uma dúzia de vozes.

— Muito bem — disse a mulher do Elefante. — Então, se é uma árvore, precisa de ser plantada. Temos de abrir um buraco.

As duas Toupeiras entregaram-se muito depressa ao trabalho. Houve alguma controvérsia quanto à maneira de meter o

tio Andrew no buraco e foi por pouco que ele escapou de ser plantado de cabeça para baixo. Diversos animais disseram que as pernas deviam ser os ramos e que, por conseguinte, a coisa cinzenta e fofa (referiam-se à cabeça) devia ser a raiz. Mas depois outros afirmaram que a extremidade bifurcada era a que se alargava mais e a que tinha mais lama, como costumam ser as raízes. Por isso, finalmente, plantaram-no de cabeça para cima. Depois de terem calcado a terra ficou enterrado até aos joelhos.

— Está com um ar muito ressequido — observou o Burro.
— É claro que precisa de ser regado — disse o Elefante fêmea. — Penso poder afirmar, e sem ofensa para nenhum dos presentes, que, para essa espécie de trabalho, um nariz como o meu…
— Oponho-me com toda a veemência a essa observação — disse o Buldogue. Mas a mulher do Elefante dirigiu-se devagar até ao rio, encheu a tromba de água e voltou para regar o tio Andrew. O inteligente animal continuou a fazer isto até ter despejado litros e litros de água sobre ele e esta lhe escorrer pelas abas com toda a roupa vestida. Aquilo acabou por reanimá-lo e o tio Andrew recuperou os sentidos. Que terrível acordar! Mas temos

de deixá-lo a reflectir nas maldades que cometera (caso ele fosse capaz de fazer uma coisa tão sensata) e de voltar a coisas mais importantes.

Strawberry seguiu a trote com Digory no lombo até o barulho que os outros animais faziam se desvanecer e o pequeno grupo de Aslan e daqueles que havia eleito conselheiros estar muito próximo. Digory sabia que não podiam interromper uma reunião tão solene, mas não precisou de o fazer. Bastou uma palavra de Aslan para o Elefante macho, os corvos e todos os outros se afastarem. Digory desceu do Cavalo e deu consigo frente a frente com Aslan, que tinha uma pelagem mais brilhante e era maior, mais belo e mais terrível do que pensara. O rapazinho nem se atrevia a fitar os seus grandes olhos.

— Por favor... Senhor Leão... Aslan... Majestade — disse Digory. — Poderia... Dá-me licença que... Por favor, poderá dar-me algum fruto mágico deste país que ponha a minha mãe boa?

Estava com uma esperança desesperada de que o Leão respondesse «sim»; e tinha um medo horrível de que ele dissesse «não». No entanto, ficou perplexo quando ele não disse nem uma coisa nem outra.

— Este é o rapaz — explicou o Leão, olhando não para Digory, mas para os seus conselheiros. — Este é o rapaz que fez aquilo.

«Meu Deus! Que fiz eu agora?», pensou Digory.

— Filho de Adão — disse Aslan. — Há uma Bruxa má aqui no meu reino de Nárnia. Explica a estes bons animais como veio ela cá parar.

Digory lembrou-se de uma dúzia de coisas diferentes que podia dizer, mas teve o bom senso de não contar senão a verdade nua e crua.

— Fui eu quem a trouxe, Aslan — respondeu em voz sumida.

— Para quê?

— Queria tirá-la do meu mundo e levá-la de volta para o dela. Pensei que estava a levá-la para lá.

— E como foi ela parar ao teu mundo, Filho de Adão?

— Por... por Magia. — O Leão manteve-se em silêncio e Digory percebeu que não dissera o suficiente. — Foi o meu tio, Aslan — explicou. — Mandou-nos para fora do nosso mundo por meio de uns anéis mágicos. Pelo menos eu tive de ir porque ele mandou a Polly primeiro, e depois encontrámos a Bruxa num lugar chamado Charn e ela agarrou-se a nós quando...

— Encontraram a Bruxa? — repetiu Aslan numa voz baixa, que encerrava a ameaça de um rugido.

— Ela acordou — explicou Digory, desesperado. Depois, empalideceu e prosseguiu: — Quero dizer, acordei-a porque queria saber o que acontecia se fizesse tocar o sino. A Polly não queria, não teve culpa. Eu... eu teimei com ela. Sei que não devia ter feito isso. Acho que fiquei enfeitiçado pelo que estava escrito por baixo do sino.

— Ficaste?! — perguntou Aslan, ainda numa voz baixa e profunda.

— Não — confessou Digory. — Agora vejo que não. Só estava a fingir.

Seguiu-se uma longa pausa. E Digory não parava de pensar: «Agora não tenho hipótese de arranjar nada para a minha mãe.»

Quando o Leão voltou a falar, não se dirigiu a Digory:

— Estão a ver, meus amigos, que o mundo novo e puro que vos dei ainda nem tem sete horas e já entrou nele uma força do mal, que este Filho de Adão despertou e trouxe para aqui? — Os animais, até mesmo Strawberry, viraram-se todos para Digory, até este sentir vontade de que o chão o engolisse. — Mas não fiquem desanimados — prosseguiu Aslan, ainda a dirigir-se aos animais. — Esse mal dará origem a outro mal, mas ainda falta muito, e eu tomarei providências para que o pior recaia sobre mim. Entretanto, vamos fazer com que, durante muitas centenas de anos, este seja um país alegre num mundo alegre. E, como foi a raça de Adão que fez o mal, será a raça de Adão que ajudará a curá--lo. Aproximem-se, vocês os dois.

As últimas palavras foram proferidas para Polly e para o cocheiro, que tinham acabado de chegar. Polly, de olhos arregalados e boca aberta, fitava Aslan sem largar a mão do cocheiro, que apertava com muita força. Este olhou o Leão de relance e tirou o chapéu de coco, sem o qual ninguém ainda o tinha visto. Assim, parecia mais jovem e atraente e tinha mais um ar de camponês do que de um cocheiro de Londres.

— Meu filho — disse Aslan ao cocheiro. — Conheço-te há muito tempo. Tu conheces-me?

— Acho que não, Majestade — respondeu o homem.
— Pelo menos não no sentido vulgar da palavra. No entanto, não leve a mal, mas tenho cá a impressão de que já nos vimos antes.
— Muito bem — disse o Leão. — Sabes mais do que pensas que sabes e, com o tempo, ainda hás-de vir a conhecer-me melhor. Este país agrada-te?
— É muito lindo, Majestade — respondeu o cocheiro.
— Gostavas de viver aqui para sempre?
— Bem, Majestade, sou um homem casado. Se a minha mulher aqui estivesse, calculo que nenhum de nós havia de querer voltar para Londres. A verdade é que somos ambos camponeses.

Aslan ergueu a cabeça felpuda, abriu a boca e proferiu uma única nota prolongada, não muito alta, mas cheia de vigor. Ao ouvi-la, o coração de Polly deu um salto. Ficou certa de que se tratava de um chamamento, de que quem quer que o ouvisse teria vontade de lhe obedecer e (o que é mais estranho) poderia obedecer-lhe, por muito distante que fosse o mundo e a época em que se encontrasse. E assim, embora ficasse maravilhada, foi sem surpresa que viu aparecer, de súbito, à sua frente, uma mulher ainda jovem, com um rosto bondoso e honesto, vinda de parte nenhuma. Polly percebeu imediatamente que se tratava da mulher do cocheiro, arrancada ao nosso mundo não por quaisquer anéis mágicos desinteressantes, mas num ápice, com a simplicidade e a suavidade com que uma ave voa para o ninho. A mulher dava a impressão de que estivera a lavar roupa, pois tinha um avental, as mangas arregaçadas até aos cotovelos e espuma de sabão nas mãos. Se tivesse tido tempo de vestir a roupa boa (o seu melhor chapéu era enfeitado com cerejas de imitação), teria tido um aspecto horroroso; mas assim era bastante bonita.

É claro que pensou que estava a sonhar. Foi por isso que não se precipitou para perguntar ao marido o que acontecera a ambos. Todavia, quando olhou para o Leão, não ficou tão certa de que fosse um sonho, embora, sabe-se lá porquê, não parecesse muito assustada. A seguir fez uma veniazinha, como algumas camponesas ainda sabiam fazer naquele tempo. Por fim dirigiu-se ao cocheiro, deu-lhe a mão e ali ficou a olhar em redor, timidamente.

— Meus filhos — disse Aslan, fixando-os a ambos nos olhos —, vão ser os primeiros Reis de Nárnia.

O cocheiro abriu a boca, atónito, e a mulher ficou muito corada.

— Vão governar todas estas criaturas, dar-lhes nomes, fazer justiça entre elas e protegê-las dos inimigos quando estes surgirem. E vão surgir, pois há uma Bruxa má neste mundo.

O cocheiro engoliu em seco duas ou três vezes e pigarreou.

— Queira desculpar, Majestade. Em meu nome e no da minha senhora agradeço-lhe muito, mas não sou homem para um trabalho desses. Não tive grande instrução.

— Vamos ver — respondeu Aslan —, sabes usar uma pá, arar um campo e fazer a terra produzir alimentos?

— Sim, Majestade, podia fazer esse género de coisas; fui acostumado a elas.

— Consegues governar estas criaturas com bondade e justiça, sem esqueceres que não são escravos como os animais irracionais do mundo onde nasceste, mas Animais Falantes e súbditos livres?

— Isso conseguiria, Majestade — replicou o cocheiro. — Tentaria ser justo com todos eles.

— E educarias os teus filhos e netos para que fizessem o mesmo?

— Podia experimentar, Majestade. Faria o melhor possível. Não é verdade, Nellie?

— E não terias favoritos, nem entre os teus próprios filhos, nem entre as outras criaturas, nem deixarias que uns mandassem nos outros ou se tratassem mal?

— Nunca tolerei coisas dessas, Majestade, e esta é a verdade. Dar-lhes-ia o tratamento que merecessem — respondeu o cocheiro, cuja voz, durante toda esta conversa, se fora tornando mais lenta e mais sonora, mais próxima da voz do camponês que devia ter sido em rapaz e mais longínqua da voz aguda e rápida de um habitante da cidade.

— E se inimigos atacassem o país, pois inimigos irão surgir, e se houvesse uma guerra, não serias o primeiro a atacar e o último a bater em retirada?

— Bem, Majestade — retorquiu o cocheiro —, uma pessoa só sabe ao certo depois de ter passado por isso. Devo dizer que nunca fui bom de assoar. Nunca lutei, a não ser com os punhos. e tentaria, pelo menos julgo que tentaria, cumprir o meu dever.

— Nesse caso — prosseguiu Aslan —, és capaz de fazer tudo o que um rei deve fazer. A tua coroação vai ter lugar dentro em pouco. E tu, os teus filhos e netos serão abençoados, alguns serão Reis de Nárnia, ouros Reis de Archenland, que fica para além das montanhas, a sul. E tu, minha filha — continuou dirigindo-se a Polly —, és bem-vinda. Já perdoaste ao rapaz a violência que cometeu no salão das imagens, no palácio desolado e maldito de Charn?

— Sim, Aslan, já fizemos as pazes — respondeu Polly.

— Muito bem — concluiu Aslan. — Vamos agora passar ao rapaz.

12

A AVENTURA DE STRAWBERRY

Digory, que se sentia cada vez menos à vontade, mantinha-se de boca fechada. Fosse o que fosse que acontecesse, esperava não começar a choramingar nem fazer nada ridículo.

— Filho de Adão, estás pronto a desfazer o mal que fizeste ao meu doce reino de Nárnia no próprio dia do seu nascimento? — perguntou Aslan.

— Bem, não vejo o que possa fazer — respondeu Digory. — A Rainha fugiu e…

— Perguntei se estás pronto — repetiu o Leão.

— Estou — respondeu Digory.

Durante um segundo teve a ideia desvairada de dizer «tentarei ajudar-te se prometeres ajudar a minha mãe», mas percebeu que o Leão não era do tipo com quem se pode tentar negociar. Porém, depois de ter dito que sim, pensou na mãe, nas grandes esperanças que tinha acalentado e como estavam agora a esmorecer. E foi com um nó na garganta e lágrimas nos olhos que pediu impulsivamente:

— Por favor, por favor… Não seria possível… Não poderia dar-me alguma coisa que curasse a minha mãe?

Até então tinha estado a olhar para as grandes patas e longas garras do Leão; agora, no seu desespero, fitava-o nos olhos. O que viu deixou-o mais surpreendido do que alguma vez se sentira na vida, pois aquele focinho acastanhado estava inclinado para o seu rosto e (maravilha das maravilhas) os olhos do Leão estavam marejados de lágrimas cintilantes. Eram lágrimas tão grandes e tão brilhantes comparadas com as de Digory que, por momentos, este teve a sensação de que o Leão tinha mais pena da sua mãe do que ele próprio.

— Meu filho, meu filho — disse Aslan —, eu sei. A tristeza é profunda. Só tu e eu neste país sabemos isso. Vamos ser bons um para o outro. Mas tenho de pensar em centenas de anos da vida de Nárnia. A Bruxa que trouxeste para este mundo voltará de novo para aqui, só que não precisa de ser já. Desejo plantar uma árvore de que ela não ousará apoximar-se e essa árvore protegerá Nárnia do seu poder durante muitos anos. Por isso, este país terá uma manhã longa e radiosa antes de as nuvens ocultarem o Sol. Tens de me trazer a semente da qual essa árvore irá crescer.

— Está bem, Majestade — concordou Digory, sem saber como iria conseguir fazer aquilo, mas com a certeza de que seria capaz de o fazer.

O Leão respirou fundo, baixou ainda mais a cabeça e deu-lhe um beijo de Leão. E imediatamente Digory se sentiu invadido por uma força e uma coragem renovadas.

— Querido filho — disse Aslan —, vou dizer-te o que tens de fazer. Volta-te, olha para ocidente e diz-me o que vês.

— Vejo montanhas enormes, Aslan — respondeu Digory. — Vejo um rio a precipitar-se de penhascos numa catarata. E para lá dos penhascos há montanhas altas e verdes, cheias de florestas. Mais para além há cordilheiras ainda mais altas, que parecem quase negras. Depois, muito ao longe, há grandes montanhas cobertas de neve, umas a seguir às outras, como em gravuras dos Alpes. E para além delas não há nada a não ser o céu.

— Viste bem — disse o Leão. — O território de Nárnia termina onde se despenha a catarata. Uma vez chegado ao cimo dos penhascos, já não estarás em Nárnia, mas sim nos Ermos do Oeste. Tens de transpor essas montanhas até encontrares um vale verdejante com um lago azul, rodeado de montanhas de gelo. No extremo do lago há um monte íngreme e escarpado. No cimo desse monte há um jardim. E no centro desse jardim há uma árvore. Apanha uma maçã dessa árvore e traz-ma.

— Está bem, Majestade — concordou de novo Digory, sem fazer a menor ideia de como iria trepar ao penhasco e encontrar o caminho entre todas as montanhas, mas sem querer dizê-lo com receio de dar a impressão de estar a arranjar desculpas. Por isso, o que disse foi: — Espero que não tenha muita pressa, Aslan. Não vou conseguir ir até lá e voltar muito depressa.

— Vais ter ajuda, pequeno Filho de Adão.

Virou-se então para o Cavalo, que tinha estado todo o tempo muito sossegado ao lado deles, a abanar a cauda para afugentar as moscas e a escutar com a cabeça à banda, como se a conversa fosse um pouco difícil de perceber, e perguntou-lhe:

— Meu amigo, gostarias de ser um Cavalo Alado?

Deviam ter visto como o Cavalo sacudiu a crina e abriu as narinas e a pancadinha que deu no chão com o casco traseiro. Era evidente que gostaria muito de ser um Cavalo Alado. Mas limitou-se a dizer:

— Se assim o quiseres, Aslan... Se for essa a tua ideia... Não percebo porque hei-de ser eu... Não sou um cavalo lá muito esperto.

— Que te cresçam asas. Sê o pai de todos os cavalos voadores — rugiu Aslan numa voz que fez tremer o solo. — O teu nome passa a ser Fledge, que quer dizer «emplumado».

O cavalo recuou, como teria recuado nos velhos tempos de infortúnio em que puxara a tipóia. Em seguida soltou um relincho prolongado. Inclinou o pescoço para trás, como se tivesse uma mosca a picar-lhe as espáduas e as quisesse coçar. Depois, tal como os animais tinham emergido da terra, saíram-lhe das costas asas, que se abriram e aumentaram, maiores do que asas de águias, maiores do que asas de cisnes, maiores do que asas de anjos em vitrais de igreja. As penas eram reluzentes e cor de cobre. Deu um grande salto e ficou suspenso no ar. Cinco metros acima de Aslan e de Digory resfolegou, relinchou e fez piruetas. Em seguida, depois de ter descrito um círculo ao redor deles, desceu para terra, caiu com as quatro patas juntas, com um ar intimidado e surpreendido, mas de extrema satisfação.

— É bom, Fledge? — perguntou Aslan.

— É muito bom, Aslan — respondeu Fledge.

— Levas este pequeno Filho de Adão às costas até ao vale da montanha de que falei?

— O quê? Agora? Imediatamente? — perguntou Strawberry, ou Fledge, como temos agora de chamar-lhe. — Viva! Anda cá, pequeno. Já transportei coisas como tu às costas. Há muito, muito tempo. Onde havia campos verdes e açúcar.

— Que estão as duas Filhas de Eva a cochichar? — perguntou Aslan, virando-se de súbito para Polly e para a mulher do cocheiro, que entretanto se tinham tornado amigas.

— Por favor, Majestade — disse a Rainha Helen, ou seja Nellie, a mulher do cocheiro. — Julgo que a menina gostaria de ir também, se não fosse muita maçada.

— Que diz o Fledge a isso? — perguntou o Leão.

— Oh, não me importo de levar dois quando são pequenos — respondeu Fledge. — Mas espero que o Elefante não queira vir também.

O Elefante não tinha nenhuma vontade de ir e o novo Rei de Nárnia ajudou as duas crianças a montar, ou seja, empurrou Digory para cima e colocou Polly com todo o cuidado e delicadeza na garupa, como se ela fosse feita de porcelana e se pudesse partir.

— Cá estão elas, Strawberry, ou, melhor, Fledge. Vai ser uma estranha viagem.

— Não voes muito alto — disse Aslan. — Não tentes sobrevoar o cume das grandes montanhas de gelo. Procura os vales e os lugares verdejantes e voa através deles. Haverá sempre uma passagem. E agora vai com a minha bênção.

— Oh, Fledge! — exclamou Digory, inclinando-se para a frente e dando umas palmadinhas no cachaço reluzente do cavalo.

— Que divertido! Agarra-te bem a mim, Polly.

No momento seguinte, a terra como que caía abaixo deles e rodopiava, enquanto Fledge, como um enorme pombo, descrevia um ou dois círculos antes de iniciar a sua grande viagem para ocidente. Ao olhar para baixo, Polly mal avistava o Rei e a Rainha, e até o próprio Aslan era apenas um pontinho de um amarelo-cintilante no meio da erva verde. Dentro em breve, o vento soprava-lhes no rosto e Fledge começava a bater as asas a um ritmo cadenciado.

Toda a Nárnia, com as cores variegadas dos relvados, dos rochedos, da urze e dos diferentes tipos de árvores, se estendia a seus pés, atravessada por um rio que serpenteava célere, como uma fita de prata. Já avistavam os cumes das colinas a norte, à sua direita; para lá dessas colinas, uma grande charneca descia suavemente em direcção ao horizonte. À esquerda, as montanhas eram muito mais altas, mas de vez em quando havia uma abertura entre elas através da qual se vislumbravam, por entre pinhais em declive, as terras a sul que se estendiam mais para longe e que pareciam azuis e muito distantes.

— Deve ser Archenland — disse Polly.

— Sim, mas olha para a frente! — exclamou Digory.

Agora, uma grande barreira de penhascos erguia-se diante deles e estavam quase ofuscados pelo sol que dançava na grande catarata através da qual o rio se precipitava, com um rugido e despedindo centelhas, na própria Nárnia, vindo da região montanhosa a ocidente, onde nascia. Voavam tão alto que só ouviam o ruído da água como um pequeno som débil, mas não suficientemente alto para transporem o cume dos penhascos.

— Aqui temos de fazer uns ziguezagues — disse Fledge. — Agarrem-se bem.

Começou a voar de um lado para o outro, ganhando altitude a cada volta. O ar tornou-se mais frio e ouviram o grito das águias lá muito em baixo.

— Olha para trás! — exclamou Polly.

Atrás deles avistava-se todo o Vale de Nárnia, que se estendia até onde havia uma cintilação de mar, precisamente antes da linha do horizonte, a leste. E agora voavam tão alto que viam montanhas parecendo minúsculas a surgirem para além das charnecas a noroeste e planícies que pareciam de areia lá longe, a sul.

— Quem me dera termos alguém para nos dizer o que são todos estes lugares — suspirou Digory.

— Suponho que ainda não são nada — disse Polly. — Quero dizer, não há lá ninguém, nem acontece nada. O mundo só começou hoje.

— Mas há-de haver pessoas a irem para lá. E depois irão passar-se coisas.

— É bem bom que ainda não tenham ido, porque assim ninguém tem de aprender nada. Batalhas e datas e essa treta toda.

Agora estavam acima do cume dos penhascos e daí a minutos tinham perdido de vista o Vale de Nárnia. Sobrevoavam uma região desolada, de montanhas escarpadas e floresta escuras, seguindo ainda o curso do rio. As montanhas realmente grandes desenhavam-se à sua frente. Porém, o Sol incidia agora nos olhos dos viajantes e estes não viam as coisas com tanta nitidez nessa direcção. Isto porque o Sol ia descendo cada vez mais na linha do horizonte, até o céu a poente se assemelhar a uma grande fornalha cheia de ouro fundido; por fim, pôs-se por detrás de um pico escarpado que se erguia contra toda aquela luz, tão liso e nítido como se fosse recortado em cartão.

— Não faz calor nenhum aqui em cima — observou Polly.

— E as asas começam a doer-me — disse Fledge. — Não se avista nem sinal do tal vale com um lago de que Aslan falou. E que tal descermos e procurarmos um lugar decente para passar a noite? Não vamos chegar hoje a esse lugar.

— Tens razão. E já são horas de jantar — disse Digory.

Por isso Fledge foi descendo cada vez mais. Ao aproximarem-se da terra, entre os montes, o ar tornou-se mais quente e, depois de terem viajado tantas horas sem nada para ouvir, a não ser as asas de Fledge a bater, foi bom escutarem de novo os ruídos familiares, o murmurar do rio no seu leito pedregoso e o estalar das árvores batidas pela brisa. Sentiram um cheiro quente e bom a terra aquecida pelo sol, a relva e a flores. Por fim, Fledge pousou. Digory desceu e ajudou Polly a desmontar. Estavam ambos contentes por poderem esticar as pernas entorpecidas.

O vale em que tinham pousado ficava no coração das montanhas; cumes cobertos de neve, um deles de um rosa-avermelhado, banhado pelos reflexos do poente, erguiam-se acima deles.

— Tenho fome — declarou Digory.

— Então, sirvam-se — disse Fledge, enchendo a boca de erva. Depois ergueu a cabeça e, ainda a mastigar, com bocados de erva a saírem-lhe de cada lado da boca como bigodes, acrescentou: — Vá lá, não sejam tímidos. Há que chegue para todos.

— Mas nós não comemos erva — explicou Digory.

— Hum, hum — disse Fledge, ainda com a boca cheia. — Hum... Então não sei o que vão fazer. Esta erva é muito boa.

Polly e Digory entreolharam-se desanimados.

— Bem, acho que alguém se devia ter ocupado das nossas refeições — disse Digory.
— Estou certo de que Aslan o teria feito se lhe tivessem pedido — retorquiu Fledge.
— E ele não tinha o dever de o saber sem termos de lhe pedir? — perguntou Polly.
— Sem dúvida que sabia — respondeu Fledge, ainda com a boca cheia. — Mas tenho cá a ideia de que ele gosta que lhe peçam.
— Então que vamos fazer? — perguntou Digory.
— Não sei. A menos que experimentem a erva. Talvez seja melhor do que pensam.
— Não sejas pateta! — exclamou Polly, batendo o pé. — É claro que as pessoas não comem erva, tal como tu não comes costeletas de carneiro.
— Por amor de Deus, não fales em costeletas e coisas dessas — suplicou Digory. — Só torna tudo mais difícil.
Digory sugeriu que Polly utilizasse o anel para ir até casa comer qualquer coisa; ele não podia ir, pois prometera a *Aslan* ir directamente cumprir a missão e, se aparecesse em casa, podia acontecer qualquer coisa que o impedisse de voltar. Contudo, Polly disse que não o abandonava e Digory comentou que era muito simpático da sua parte.
— Já sei — disse Polly. — Ainda tenho os restos de um saco de caramelos no casaco. É melhor do que nada.
— Muito melhor — concordou Digory. — Mas tem cuidado quando meteres a mão no bolso, não vás tocar no anel.
Foi uma tarefa difícil e delicada, mas acabaram por conseguir. O saquinho de papel estava todo amachucado e pegajoso quando finalmente o conseguiram tirar, de modo que foi mais uma questão de tirar o saco dos caramelos do que de tirar os caramelos do saco. Alguns adultos (sabem como eles podem ser picuinhas com esse género de coisas) teriam preferido passar sem jantar a comer aqueles caramelos. Havia nove ao todo. Foi Digory quem teve a brilhante ideia de comerem quatro cada um e de plantarem o nono, pois, como ele disse, «se a barra de ferro do candeeiro se transformou numa pequena árvore que dava luz, porque não se transformará isto numa árvore de caramelos?». Assim, abriram um buraquinho na terra e enterraram o caramelo. Depois come-

ram os outros, fazendo-os durar tanto quanto possível. Foi uma refeição frugal, apesar de todo o papel que não puderam deixar de comer.

Quando Fledge acabou a sua excelente refeição, deitou-se. As crianças instalaram-se uma de cada lado e encostaram-se ao calor

do seu corpo; depois de ele ter aberto as asas para as cobrir, ficaram muito bem aconchegadas. Quando surgiram as estrelas cintilantes desse novo mundo, trocaram impressões acerca de tudo: como Digory tinha esperado conseguir qualquer coisa para a mãe e como, em vez disso, tinha sido enviado para cumprir aquela missão. E repetiram todos os sinais que lhes permitiriam conhecer os lugares que procuravam: o lago azul e a montanha com um jardim no cimo. A conversa estava a começar a tornar-se menos animada, pois estavam a ficar com sono, quando de súbito Polly se sentou, completamente desperta, e exclamou:

— Chiu!

Ficaram todos à escuta, cheios de atenção.

— Talvez fosse apenas o vento a bater nas árvores — acabou por sugerir Digory.

— Não estou assim tão certo disso — disse Fledge. — De qualquer modo... Esperem! Lá está de novo. Por Aslan, é qualquer coisa.

O cavalo levantou-se atabalhoadamente, com grande ruído e agitação; as crianças já estavam de pé. Fledge trotava de um lado para o outro, a farejar e a relinchar. As crianças andavam em bicos de pés para cá e para lá, a espreitar por detrás de cada árvore e arbusto. Estavam sempre a pensar que viam coisas e, a dada altura, Polly teve a certeza absoluta de ter visto uma silhueta escura e alta a esgueirar-se rapidamente para oeste. Mas não encontraram nada e Fledge acabou por se deitar de novo. As crianças reconchegaram-se (se é que esta palavra existe) sob as suas asas e adormeceram imediatamente. O cavalo ficou acordado durante muito mais tempo, a agitar as orelhas no escuro e por vezes percorrido por um ligeiro arrepio, como se uma mosca lhe tivesse pousado sobre a pele. Mas por fim também acabou por adormecer.

13

UM ENCONTRO INESPERADO

— Acorda, Digory! Acorda, Fledge! — exclamou Polly. — Aquilo transformou-se numa árvore de caramelos. E está uma manhã linda!

O Sol nascente, ainda baixo, banhava o bosque; a erva estava cinzenta do orvalho e as teias de aranha pareciam de prata. Mesmo ao lado deles encontrava-se uma pequena árvore, com o tronco muito escuro, mais ou menos do tamanho de uma macieira. As folhas eram esbranquiçadas e semelhantes a papel, como a planta a que chamam erva de prata, e os ramos estavam carregados de frutozinhos castanhos, bastante parecidos com tâmaras.

— Óptimo! — exclamou Digory. — Mas antes vou dar um mergulho.

Atravessou a correr um matagal cheio de flores, em direcção à margem do rio. Já alguma vez tomaram banho num rio de montanha, inundado de sol, que corre formando pequenas cascatas sobre pedras vermelhas, azuis e amarelas? É tão bom como o mar e, em certos aspectos, melhor ainda. Claro que Digory teve de se voltar a vestir sem se enxugar, mas mesmo assim valeu a pena. Quando regressou, foi a vez de Polly ir tomar um banho ou, pelo menos, foi o que ela disse que tinha feito, embora saibamos que não era grande nadadora. Mas talvez seja melhor não querermos saber mais sobre o assunto. Fledge também foi até ao rio, limitando-se a ficar a meio da corrente; bebeu água até ficar saciado e depois sacudiu a crina e relinchou várias vezes.

Polly e Digory dirigiram-se à árvore. Os frutos eram deliciosos, não exactamente como caramelos — mais macios e suculentos —, mas como frutos que faziam lembrar caramelos. Fledge também tomou um excelente pequeno-almoço; provou um caramelo, gostou, mas disse que àquela hora da manhã preferia erva. Depois, com alguma dificuldade, as crianças treparam-lhe para a garupa e retomaram a viagem.

Foi ainda melhor do que na véspera, em parte por se sentirem mais frescos e em parte devido ao sol que lhes batia nas costas; e, como é evidente, tudo parece mais bonito quando a luz vem de trás. Foi uma viagem maravilhosa. As grandes montanhas cobertas de neve erguiam-se acima deles em todas as direcções. os vales, lá em baixo, eram muito verdes e todos os riachos que se precipitavam no rio vindos dos glaciares eram tão azuis que lhes parecia estarem a voar sobre jóias gigantescas. Bem gostariam de que esta parte da viagem durasse mais tempo. No entanto, pouco depois estavam os três a inspirar e a perguntar: «Que é isto? Não vos cheira a nada?» e «De onde virá este cheiro?», pois um odor divinal, cálido e dourado, como se fosse o dos mais deliciosos frutos e flores do mundo, subia até eles vindo de qualquer lugar à sua frente.

— Vem do vale que tem o lago — respondeu Fledge.
— É isso mesmo — confirmou Digory. —... E olhem! Há um monte verde no fim do lago. Vejam como a água é azul.

— Deve ser o lugar que procuramos — disseram os três em coro.

Fledge foi descendo, a descrever círculos cada vez mais largos. Os cumes gelados pareciam cada vez mais altos. O ar ia-se tornando a cada minuto mais quente e suave, tão suave que quase fazia vir as lágrimas aos olhos. Fledge deslizava agora com as asas abertas e imóveis e as patas procurando o solo. O monte aproximava-se a toda a velocidade. Um momento mais tarde pousou na encosta, um pouco desajeitadamente. Os garotos desequilibraram-se, caíram na erva quente e macia sem se magoarem e levantaram-se um pouco ofegantes.

Estavam a três quartos da distância que os separava do cimo do monte e começaram logo a trepar para o cume. (Julgo que Fledge não o teria conseguido sem as asas, que o ajudavam a equilibrar-se e lhe serviam para fazer um pequeno voo de vez em quando.) O cimo do monte estava rodeado por um alto muro de terra arrelvada, para lá do qual cresciam árvores, cujos ramos ultrapassavam aquela muralha de verdura. Quando o vento as agitava, as folhas não eram apenas verdes, mas também azuis e prateadas. Ao chegarem ao topo, os viajantes contornaram quase toda a muralha antes de encontrarem os portões. Eram altos, de batentes dourados, muito bem fechados, virados para nascente.

Até essa altura, julgo que Polly e Fledge pensavam entrar com Digory, mas tiraram daí a ideia, pois nunca tinham visto lugar mais secreto do que aquele. Bastava olhar de relance para se compreender que pertencia a outra pessoa. Só um louco pensaria em entrar, a menos que tivesse sido enviado numa missão muito especial. O próprio Digory percebeu imediatamente que os outros não poderiam acompanhá-lo. Por isso avançou para os portões completamente sozinho.

Ao chegar junto deles, viu algumas palavras escritas no ouro com letras prateadas; era qualquer coisa como isto:

> *Entra pelas portas de ouro, ou fica de fora;*
> *Leva o meu fruto a outrem ou deixa-o cá;*
> *Pois quem o rouba ou o primeiro verso ignora*
> *Satisfaz seu desejo, mas só dor colherá.*

«*Leva o meu fruto a outrem*». disse Digory para consigo. «Bem, é o que vou fazer. Isto quer dizer que não devo ser eu a comê-lo.

Não sei o que é essa conversa toda do último verso. *Entra pelas portas de ouro*. Quem se lembraria de escalar uma muralha se pudesse entrar por uma porta? Mas como se abrem os portões?» Tocou-os com a mão e, no mesmo instante, eles abriram-se de par em par, para o lado de dentro, girando nos gonzos sem o mínimo ruído.

Agora, que via o que se encontrava no interior, tudo aquilo lhe parecia mais privado do que nunca. Avançou com toda a solenidade, olhando em redor. Ali dentro reinava uma grande serenidade. Até o ruído da fonte que corria perto do meio do jardim era ténue. Sentiu-se rodeado por um delicioso perfume. Era um lugar feliz, mas muito grave.

Percebeu imediatamente qual era a árvore a que Aslan se referira, em parte por se encontrar mesmo no centro, mas também porque as grandes maçãs prateadas de que estava carregada cintilavam de tal modo que banhavam de luz os cantos sombrios onde o sol não chegava. Caminhou até junto dela, apanhou uma maçã e meteu-a no bolso de cima do casaco. Antes não pôde, porém, deixar de a contemplar e de lhe aspirar o perfume.

Melhor fora que não o tivesse feito. Sentiu-se invadido por uma sede e uma fome terríveis e pelo desejo de provar o fruto. Enfiou-o então à pressa na algibeira; mas havia muitos outros. Faria mal se comesse um? Afinal, pensou, o que estava escrito no portão talvez não fosse exactamente uma ordem; podia ser apenas um conselho... e quem quer saber de conselhos? Mesmo que fosse uma ordem, estaria a desobedecer se comesse uma maçã? Já tinha obedecido à parte acerca de levar uma «para outrem».

Enquanto pensava em tudo isto olhou por acaso através dos ramos em direcção ao cimo da árvore. Num ramo lá do alto estava empoleirada uma ave maravilhosa a dormitar. Digo «a dormitar» porque parecia quase adormecida, embora não a dormir a sono solto, pois tinha uma fendazinha de um olho aberta. Era maior do que uma águia, com o papo cor de açafrão, uma crista escarlate e uma cauda púrpura.

«E isto só prova», diria Digory mais tarde, ao contar a história a outras pessoas, «que, nesses lugares mágicos, todo o cuidado é pouco. Nunca se sabe quem nos está a observar.» Julgo que, de qualquer modo, Digory não teria tirado a maçã para si. Penso que, naquele tempo, frases como «não roubarás» eram muito mais

profundamente metidas na cabeças dos rapazes do que nos nossos dias. No entanto, nunca se sabe.

Digory já se dirigia de novo para os portões quando parou para olhar à sua volta uma última vez. E teve um terrível sobressalto. Não se encontrava sozinho. A poucos metros de distância estava a Bruxa, a deitar fora o caroço de uma maçã que acabara de comer. O sumo do fruto era mais escuro do que seria de esperar e tinha-lhe deixado uma mancha horrível à volta da boca. O rapazinho desconfiou imediatamente de que ela devia ter trepado a sebe e começou a perceber que aquele último verso acerca de alcançar o que se deseja para só encontrar a dor fazia algum sentido. Isto porque a Bruxa parecia mais forte e mais orgulhosa do que nunca, por assim dizer, triunfante; todavia, o seu rosto estava branco de morte, tão branco como a cal.

Tudo isto passou pela cabeça de Digory num segundo; depois desatou a correr tão depressa quanto podia, com a Bruxa no seu encalço. Mal saiu do jardim, os portões fecharam-se como que por encanto, o que lhe permitiu ganhar terreno, mas não durante muito tempo. Na altura em que chegou junto dos companheiros e desatou a gritar: «Depressa, Polly, monta! Levanta-te, Fledge!», a Bruxa tinha trepado a sebe ou transpusera-a com uma passada e já se encontrava outra vez perto dele.

— Se dá mais um passo — gritou Digory, voltando-se para a enfrentar —, desaparecemos todos. Não se aproxime nem mais um centímetro!

— Que rapaz tão idiota! — exclamou a Bruxa. — Porque foges de mim? Não vou fazer-te mal. Se não parares para ouvir o que tenho para te dizer, ficas sem saber uma coisa que te teria feito feliz durante toda a vida.

— Não quero ouvir nada, obrigado — respondeu Digory, embora quisesse.

— Sei que vieste cumprir uma missão — continuou a Bruxa. — Era eu quem estava perto de vocês no bosque ontem à noite e ouvi tudo o que disseram. Apanhaste um fruto daquele jardim e meteste-o no bolso. E vais levá-lo ao Leão sem o provares; para ele o comer, para ele o usar. Que simplório! Sabes que fruto é esse? Eu digo-te. É a Maçã da Juventude, a Maçã da Vida. Eu sei porque a comi; e já sinto tais transformações em mim que sei que nunca hei-de envelhecer nem morrer. Come-a, rapaz, come-a. E viveremos ambos para sempre e seremos os Reis de todo este mundo... Ou do teu mundo, se decidirmos voltar para lá.

— Não, obrigado — respondeu Digory. — Não sei se me interessa muito continuar a viver depois de todas as pessoas que conheço terem morrido. Prefiro viver o tempo que é habitual, morrer e ir para o Céu.

— Mas então e a tua mãe, de quem dizes gostar tanto?

— Que tem ela a ver com isto?

— Não estás a ver, pateta, que uma dentada nessa maçã a curaria? E ela está aí no teu bolso. Nós estamos aqui sozinhos e o Leão muito longe. Usa a tua Magia e volta para o teu mundo. Um minuto mais tarde podes estar à cabeceira da tua mãe e dar-lhe o fruto. Cinco minutos mais tarde verás a cor voltar-lhe ao rosto. Ela dar-te-á a saber que a dor desapareceu. Pouco depois dir-te-á que se sente mais forte. Em seguida adormecerá... Pensa nisso; horas de sono natural, sem dores, sem medicamentos. No dia seguinte toda a gente comentará que teve uma recuperação maravilhosa. Em breve ficará com saúde outra vez. Tudo se resolverá. Na tua casa reinará de novo a felicidade. Serás como os outros rapazes.

— Oh! — suspirou Digory, pondo a mão na cabeça, como se se tivesse magoado. Agora sabia que tinha perante si a mais terrível das decisões.

— Que fez o Leão por ti desde que te tornaste seu escravo? — perguntou a Bruxa. — Que poderá fazer por ti quando regressares ao teu mundo? E que iria a tua mãe pensar se soubesse que podias ter acabado com o seu sofrimento, restituí-la à vida, impedindo que o teu pai ficasse destroçado, e não o fizeste? Que preferiste andar a fazer recados a um animal selvagem num mundo estranho que nada tem a ver contigo?

— Não... não penso que ele seja um animal selvagem — disse Digory com a voz embargada. — Ele é... Não sei...

— Então é qualquer coisa pior. Olha o que já te fez; olha como já te tornou impiedoso. É isso que faz a todos os que lhe dão ouvidos. Rapaz cruel, implacável! Preferes deixar que a tua mãe morra...

— Oh, cala-te! — exclamou o infeliz Digory, ainda com a mesma voz. — Julgas que não percebo? Eu... eu prometi...

— Mas não sabias o que estavas a prometer. E não há aqui ninguém que te possa impedir.

— A minha mãe — disse Digory, proferindo as palavras a custo — não gostaria disso... É muito rigorosa acerca do cumprimento de promessas... e de não roubar... e de todas essas coisas. Se estivesse aqui... dir-me-ia logo que não o fizesse.

— Mas ela não precisa de saber — respondeu a Bruxa, falando numa voz mais doce do que seria de imaginar em alguém com um rosto tão feroz. — Não lhe dirás como arranjaste a maçã. O teu pai também não precisa saber. Ninguém no teu mundo precisa de saber seja o que for acerca de toda esta história. E sabes que não precisas de levar a miúda contigo quando voltares.

Foi aí que a Bruxa cometeu o erro fatal. Sem dúvida que Digory sabia que Polly podia voltar por meio dos próprios anéis com tanta facilidade como ele, mas aparentemente a bruxa desconhecia isso. E a sua sugestão mesquinha para que abandonasse Polly fez com que, de súbito, todas as outras coisas que ela tinha estado a dizer soassem a falso. E, apesar de Digory se sentir muito triste, de repente fez-se luz no seu espírito e disse, numa voz diferente e muito mais sonora:

— Olhe lá: qual é o seu papel no meio disto tudo? Porque ficou de repente tão amiga da minha mãe? Que tem isso a ver consigo? Qual é a sua ideia?

— Boa, Digs! — segredou-lhe Polly ao ouvido. — Depressa! Vamos já embora!

Durante toda a conversa não se atrevera a dizer nada por não ser a mãe dela que estava a morrer.

— Sobe lá então — disse Digory, içando-a para a garupa de Fledge e depois trepando ele tão depressa quanto podia. O cavalo abriu as asas.

— Então vão, palermas — gritou a Bruxa. — Pensa em mim, rapaz, quando fores velho e estiveres fraco e a morrer; lembra-te de como desprezaste a Juventude Eterna! Não voltarás a ter outra oportunidade.

Nessa altura já voavam tão alto que mal a ouviam. A Bruxa também não perdeu tempo a olhar para eles; viram-na descer a encosta do monte para norte.

Tinham partido de manhã cedo e o que se passara no jardim não demorara muito tempo; por isso, Polly e Fledge disseram que seria fácil chegarem a Nárnia antes de anoitecer. No caminho de regresso, Digory não proferiu palavra e os outros não tinham coragem de falar com ele. Sentia-se muito triste e nem sequer estava certo de ter procedido bem; porém, sempre que se lembrava dos olhos de Aslan marejados de lágrimas, tinha a certeza de que fizera o que devia.

Durante todo o dia, Fledge não parou de voar com asas infatigáveis para leste, com o rio a servir-lhe de orientação, através das montanhas e sobre as colinas cobertas de bosques, depois sobre a grande catarata e para baixo, mais para baixo, para onde a sombra do grande penhasco escurecia os bosques de Nárnia; até que, por fim, quando o crepúsculo começou a tingir o céu de vermelho, viu um lugar onde se encontravam reunidas muitas criaturas, junto à margem do rio. Pouco depois avistou o próprio Aslan no meio dos outros animais. Fledge voou para baixo, abriu as quatro patas, fechou as asas e aterrou num galope suave. A seguir parou e as crianças desmontaram. Digory viu todos os animais, os Anões, os Sátiros, as Ninfas e outros seres abrirem alas para o deixarem passar. Dirigiu-se a Aslan, estendeu-lhe a maçã e disse:

— Trouxe-lhe a maçã que pediu, Majestade.

14

DIGORY PLANTA A ÁRVORE

— Muito bem — disse Aslan com uma voz que fez estremecer a terra.

Nessa altura Digory percebeu que todos os habitantes de Nárnia tinham ouvido aquelas palavras e que, nesse novo mundo, a história seria transmitida de pais para filhos durante centenas de anos ou talvez para sempre. Todavia, não havia perigo de se sentir envaidecido, pois agora, que se encontrava frente a frente com Aslan, nem pensava nisso. Desta vez descobriu que era capaz de fitar o Leão nos olhos. Esquecera as suas preocupações e sentia-se plenamente satisfeito.

— Muito bem, Filho de Adão — repetiu o Leão. — Por causa deste fruto passaste fome e sede e choraste. Deve ser a tua mão e mais nenhuma a lançar à terra a semente da árvore que irá proteger Nárnia. Atira a maçã para a margem do rio, onde a terra é macia.

Digory obedeceu. Todos tinham ficado tão calados e quietos que se ouviu o baque surdo do fruto a embater no solo.

— Bem atirada — disse Aslan. — Vamos agora passar à coroação de Frank, Rei de Nárnia, e de Helen, sua Rainha.

Os garotos repararam então naqueles dois pela primeira vez. Envergavam roupas estranhas e belas e dos seus ombros pendiam mantos que esvoaçavam atrás deles; havia quatro Anões a segurarem a cauda do Rei e quatro Ninfas a segurarem a da Rainha. Estavam de cabeça descoberta, mas Helen tinha soltado o cabelo, melhorando grandemente o seu aspecto. Todavia, não era o cabelo nem as roupas que os faziam parecer tão diferentes do que eram anteriormente. Os seus rostos tinham uma nova expressão, sobretudo o do Rei. Toda a aspereza, astúcia e azedume que o haviam marcado como cocheiro em Londres pareciam ter desaparecido e a sua coragem e bondade de sempre eram agora bem mais visíveis. Talvez fosse o ar do jovem mundo que tivesse produzido esse efeito, ou o facto de ele ter ouvido Aslan, ou ambas as coisas.

— Palavra de honra que o meu dono mudou quase tanto como eu! — murmurou Fledge ao ouvido de Polly. — Agora é um verdadeiro senhor.

— Sim, mas não me sopres assim ao ouvido. Fazes-me cócegas — respondeu ela.

— Agora — disse Aslan —, alguns de vocês vão desfazer esse emaranhado que fizeram com aquelas árvores e vamos ver o que lá encontramos.

Digory viu então que os ramos de quatro árvores que cresciam juntas tinham sido entrelaçados ou atados com vimes de modo a fazer uma espécie de gaiola. Daí a pouco já os dois Elefantes com as respectivas trombas e uns quantos Anões com os seus machadinhos tinham desmanchado tudo. Havia três coisas lá dentro. A primeira era uma árvore pequenina, que parecia feita de ouro; a segunda era uma árvore pequenina, que parecia feita de prata; mas a terceira era uma criatura miserável, com roupas enlameadas, acocorada entre elas.

— Santo Deus! — exclamou Digory. — É o tio Andrew!

Para explicar tudo isto temos de voltar um pouco atrás. Como se recordam, os animais tinham-no plantado e regado. Quando a água o fez recuperar os sentidos, descobriu que estava encharcado, enterrado até às coxas em lama e rodeado por mais animais selvagens do que alguma vez na vida sonhara existirem. Talvez não seja de admirar que começasse a gritar e a gemer. De certo modo, isso foi bom, pois acabou por convencer todos (até o Javali) de que era um ser vivo. Por isso voltaram a desenterrá-lo (nessa altura tinha as calças num estado deplorável). Mal ficou com as pernas livres, tentou pôr-se em fuga, mas o Elefante impediu-o, enrolando-lhe rapidamente a tromba à volta de cintura. Nessa altura já todos pensavam que o deviam pôr a salvo em qualquer parte até Aslan ter tempo para o ir ver e dizer o que deviam fazer com ele. Por isso construíram uma espécie de gaiola ou capoeira à sua volta e ofereceram-lhe tudo aquilo de que se lembraram para comer.

O Burro apanhou grandes molhos de cardos e atirou-lhos, mas o tio Andrew não pareceu ligar-lhes. Os Esquilos bombardearam-no com nozes, mas ele tapou a cabeça com as mãos e tentou desviar-se. Várias Aves esvoaçaram de um lado para o outro deixando-lhe cair lagartas em cima. O Urso foi particularmente simpático. Durante a tarde, essa digna criatura descobrira um ninho de abelhas selvagens e, em vez de o comer (o que lhe teria dado muito prazer), levou-o ao tio Andrew. Mas, na realidade, esse foi o pior erro de todos. O Urso lançou a massa pegajosa para o cimo da jaula e, infelizmente, atingiu o tio Andrew em pleno rosto (nem todas as abelhas estavam mortas). O Urso, que não se teria importado nada se aquilo lhe acertasse no focinho, não percebeu por que motivo o tio Andrew cambaleou, escorregou e caiu sentado. Mas foi puro azar fazê-lo em cima do monte de cardos.

— De qualquer modo — disse o Javali —, uma quantidade de mel entrou-lhe para a boca e isso de certeza que lhe fez bem.

Na verdade, estavam a começar a afeiçoar-se àquele estranho bichinho de estimação e esperavam que Aslan os deixasse ficar com ele. Nessa altura, os mais inteligentes já estavam certos de que, pelo menos, alguns dos ruídos que saíam da sua boca tinham significado e baptizaram-no com o nome de Brande por ser o som que produzia com mais frequência.

Contudo, tiveram de o deixar passar a noite ali. Aslan esteve ocupado durante todo o dia a dar instruções aos novos Reis e a fazer outras coisas importantes e não pôde dar atenção ao «pobrezinho do Brande». Se bem que com as nozes, peras, maçãs e bananas que lhe tinham também atirado não estivesse mal de jantar, não se pode dizer que tenha passado uma noite agradável.

— Tirem daí essa criatura — ordenou Aslan.

Um dos Elefantes levantou com a tromba o tio Andrew, demasiado assustado para esboçar um gesto, e colocou-o aos pés do Leão.

— Por favor, Aslan — pediu Polly —, poderia dizer qualquer coisa que o fizesse ficar menos assustado? E depois qualquer coisa que o impedisse de voltar aqui?

— Achas que ele vai querer voltar? — perguntou Aslan.

— Bem, Aslan, ele pode querer mandar outra pessoa. Está tão entusiasmado por a barra do candeeiro ter dado uma árvore-candeeiro que pensa...

— O que ele pensa é um disparate, minha filha. Este mundo tem estado cheio de vida durante estes dias porque a canção que eu cantei ainda paira no ar e ecoa no solo. Mas não vai ser assim durante muito tempo. Porém, não posso dizer isso a este velho pecador e também não posso reconfortá-lo, pois ele não consegue ouvir a minha voz. Se lhe falasse, ele ouviria apenas rosnadelas e rugidos. Ah, Filhos de Adão, como vocês se defendem do que vos poderia fazer bem! No entanto, far-lhe-ei a única dádiva que ele ainda é capaz de receber. Dorme — disse, inclinando a grande cabeça com tristeza e bafejando o rosto aterrorizado do mágico. — Dorme e separa-te durante algumas horas de todos os tormentos que tu próprio engendraste.

No mesmo instante, o tio Andrew fechou os olhos e começou a respirar calmamente.

— Levem-no para ali e deitem-no — ordenou Aslan. — Agora, Anões, mostrem a vossa habilidade a trabalhar em metais. Quero ver-vos fazer duas coroas para o Rei e para a Rainha.

Mais Anões do que vocês podem imaginar precipitaram-se para a árvore dourada. Enquanto o diabo esfrega um olho, arrancaram-lhe todas as folhas e também todos os ramos. E então as crianças viram que não era apenas dourada, mas de ouro verdadeiro e macio. Evidentemente que nascera das moedas que tinham caído do bolso do tio Andrew quando o viraram ao contrário, tal como a árvore de prata nascera das outras moedas. Como que por encanto, surgiram uma pequena bigorna, martelos, tenazes e foles. No momento seguinte (como estes Anões amavam o seu trabalho!), o fogo crepitava, os foles rugiam, o ouro fundia-se e os martelos batiam. Duas Toupeiras, a quem *Aslan* tinha mandado cavar (coisa que elas adoravam) umas horas antes, despejaram uma pilha de pedras preciosas aos pés dos Anões. Sob os dedos hábeis dos pequenos ourives tomaram forma duas coroas — não coisas feias e pesadonas como as modernas coroas europeias, mas dois aros leves, delicados, muito belos na forma, que era possível realmente usar e, assim, ficar mais atraente. A do Rei era cravejada de rubis e a da Rainha de esmeraldas.

Depois de as coroas terem arrefecido no rio, *Aslan* mandou Frank e Helen ajoelharem-se aos seus pés e colocou-lhas na cabeça. A seguir disse:

— Levantem-se Reis de Nárnia, pai e mãe de muitos Reis futuros de Nárnia e das ilhas de Archenland. Sejam justos, clementes e corajosos. Eu vos abençoo.

Todos aplaudiram com latidos, relinchos, bramidos ou batendo as asas e o par real pôs-se de pé com um ar solene e um pouco tímido, mas tanto mais nobre devido a essa timidez. E, enquanto Digory ainda aplaudia, ouviu a voz de Aslan ao seu lado dizer:

— Olhem!

Toda aquela multidão virou a cabeça e todos soltaram um suspiro de maravilha e prazer. A uma certa distância, erguendo-se acima das suas cabeças, viram uma árvore que não se encontrava ali anteriormente. Devia ter crescido em silêncio, mas com a rapidez com que se iça uma bandeira, enquanto todos estavam ocupados com a coroação. Os seus ramos abundantes pareciam emitir luz em vez de darem sombra e sob cada folha espreitavam maçãs de prata semelhantes a estrelas. Porém, mais do que o seu aspecto, era o seu aroma que deixava todos de respiração suspensa. Por um momento ninguém conseguiu pensar em mais nada.

— Filho de Adão — disse Aslan —, semeaste bem. E vós, habitantes de Nárnia, ficareis com esta árvore à vossa guarda, pois ela é o vosso escudo. A Bruxa de quem vos falei fugiu para norte, onde vai ficar a viver e a desenvolver a sua Magia Negra. Contudo, enquanto esta árvore florescer, nunca virá a Nárnia. Não ousará aproximar-se, nem ficar a menos de mil e quinhentos metros da árvore, pois o seu perfume, que para vós é fonte de alegria, de vida e de saúde, para ela é de morte, horror e desespero.

Todos fitavam a árvore com solenidade quando Aslan, de súbito, virou a cabeça (emitindo raios de luz dourada da juba) e fixou os seus grandes olhos nas crianças.

— Que se passa, meus filhos? — perguntou ao vê-los aos segredinhos e às cotoveladas.

— Oh, Aslan — disse Digory, corando —, esqueci-me de lhe dizer. A Bruxa já comeu uma maçã como as que crescem nessa árvore.

Não disse tudo o que estava a pensar, mas Polly disse-o imediatamente por ele (Digory tinha sempre muito mais medo de parecer pateta do que ela):

— Por isso pensamos que deve haver qualquer engano e que o cheiro destas maçãs não a incomoda.

— Porque pensas isso, filha de Eva? — perguntou o Leão.

— Bem, ela comeu uma...

— Minha filha — retorquiu o Leão —, é por isso que todas as restantes são agora um horror para ela. É o que acontece àqueles que apanham e comem os frutos na altura errada e da maneira errada. O fruto sabe-lhes bem, mas a partir daí odeiam-no.

— Ah, estou a ver — disse Polly. — E imagino que, por o ter apanhado da maneira errada, não lhe vai fazer bem. Quero dizer, não a vai tornar jovem para sempre e tudo isso.

— Infelizmente vai — respondeu Aslan. — As coisas funcionam sempre em conformidade com a sua natureza. Ela alcançou o que desejava; tem uma força inesgotável e uma vida infinita, como uma deusa. No entanto, dias intermináveis com um coração perverso não são mais do que uma desgraça prolongada e ela já começa a sabê-lo. Todos conseguem o que querem; só que nem sempre gostam disso.

— Eu… eu quase comi uma, Aslan — confessou Digory. — Se o tivesse feito, teria…

— Terias, meu filho — interrompeu-o Aslan. — Pois o fruto funciona sempre, tem de funcionar, mas nem sempre é bom para quem o colhe como bem lhe apetece. Se algum habitante de Nárnia tivesse roubado uma maçã e a plantasse aqui para proteger Nárnia, tê-lo-ia conseguido. Mas Nárnia tornar-se-ia um império forte e cruel como Charn, e não o país gentil que eu pretendo que seja. E a Bruxa tentou-te para fazeres outra coisa, não foi, meu filho?

— Foi, Aslan. Queria que eu levasse uma maçã à minha mãe.

— Bem entendido que ela a teria curado, mas não para alegria dela nem tua. Chegaria um dia em que ambos teriam olhado para trás e dito que teria sido melhor morrer dessa doença.

Digory não proferiu palavra, pois as lágrimas embargavam-lhe a voz por ter perdido toda a esperança de salvar a vida da mãe; porém, ao mesmo tempo, percebeu que o Leão sabia o que teria acontecido e que talvez houvesse coisas mais terríveis do que perder alguém que se ama. Mas agora Aslan estava de novo a falar, quase num murmúrio:

— Isso era o que teria acontecido, meu filho, com uma maçã roubada. Mas não é o que vai acontecer. O que te ofereço vai trazer alegria. No teu mundo não dará a vida eterna, mas curará. Colhe uma maçã da árvore.

Durante um segundo, Digory mal conseguiu perceber. Foi como se o mundo inteiro se tivesse virado do avesso e de pernas para o ar. Depois, como num sonho, dirigiu-se à árvore e o Rei e a Rainha aplaudiram-no, bem como todas as outras criaturas. Colheu a maçã e meteu-a no bolso. Em seguida voltou para junto de Aslan.

— Por favor — pediu —, agora podemos ir para casa?

Tinha-se esquecido de dizer «Obrigado», mas sentia-se grato e Aslan percebeu.

15

O FIM DESTA HISTÓRIA E O PRINCÍPIO DE TODAS AS OUTRAS

— Não precisam de anéis quando eu estou convosco — disse Aslan.

As crianças pestanejaram e olharam em redor. Estavam mais uma vez no Bosque entre os Mundos; o tio Andrew encontrava-se deitado na erva, ainda a dormir, e o Leão estava perto deles.

— Vão — prosseguiu Aslan. — Chegou a altura de regressarem. Mas antes ainda tenho duas coisas para vos dizer: um aviso e uma ordem. Olhem para aqui, meus filhos.

Olharam e viram uma concavidade no solo, coberta de erva quente e seca.

— A última vez que aqui estiveram — explicou Aslan — aquela depressão era um lago e, quando saltaram para dentro dele, chegaram ao mundo onde um sol moribundo brilhava sobre as ruínas de Charn. Agora já não há lagoa. Esse mundo acabou, como se nunca tivesse existido. A raça de Adão e Eva tem de ter cuidado.

— Sim, Aslan — concordaram os dois garotos. Todavia, Polly acrescentou: — Mas nós não somos tão maus como os desse mundo, pois não, Aslan?

— Ainda não, Filha de Eva. Mas cada vez se estão a assemelhar mais a eles. Pode acontecer a qualquer pessoa perversa da vossa raça descobrir um segredo tão maléfico como a Palavra Execrável e utilizá-lo para destruir todas as coisas vivas. E em breve, muito em breve, antes de vocês serem velhos, grandes nações do vosso mundo serão governadas por tiranos que querem saber tanto da alegria, da justiça e da clemência como a Imperatriz Jadis. Que o vosso mundo se acautele. Este é o aviso. Passemos agora à ordem. Logo que possam, tirem a esse vosso tio os anéis mágicos e enterrem-nos de modo a que ninguém os possa tornar a usar.

Enquanto o Leão proferia estas palavras, os dois garotos fitavam-no no rosto. E imediatamente (nunca souberam ao certo como isso aconteceu) esse rosto pareceu transformar-se num mar dourado no qual flutuavam, como se estivessem a ser embalados; e era tal a suavidade e a força que os rodeava e penetrava neles que sentiram que até então nunca tinham sido verdadeiramente felizes, nem sábios, nem bons, nem sequer tinham estado de facto vivos ou acordados. A recordação desse momento permaneceu com eles para sempre, pelo que, enquanto viveram, sempre que se sentiam tristes, receosos ou zangados, pensavam em toda essa bondade dourada; e a sensação de que ela ainda se encontrava perto deles, muito próxima, ao virar de qualquer porta, regressava e dava-lhes a certeza, no seu íntimo, de que tudo estava bem. No minuto seguinte, os três (o tio Andrew estava agora acordado) foram cair no ruído, no calor e nos cheiros intensos de Londres.

Estavam no passeio à porta da casa dos Ketterley e, à excepção da feiticeira, do cavalo e do cocheiro, que tinham desaparecido, estava tudo exactamente como quando haviam partido. Lá estava o candeeiro com um braço a menos; lá estava a tipóia destruída; e lá estava a multidão. Ainda continuavam todos a falar e havia gente de joelhos junto do polícia magoado, a dizer coisas como: «Está a voltar a si», «Como se sente agora, amigo?», ou «A ambulância vai chegar num abrir e fechar de olhos.»

«Ó céus!», pensou Digory. «Creio que toda a nossa aventura não demorou tempo nenhum.»

A maioria das pessoas olhava em redor, cheia de inquietação, em busca de Jadis e do Cavalo. Ninguém reparava nas crianças, pois ninguém parecia ter dado pelo seu regresso. Quanto ao tio Andrew, devido ao estado da sua roupa e ao mel que lhe cobria o rosto, estava irreconhecível. Por sorte, a porta da casa encontrava-se aberta e a criada na soleira a ver toda aquela paródia (que dia estava aquela rapariga a ter!); por isso, foi sem dificuldade que os garotos empurraram o tio Andrew para dentro antes que alguém fizesse perguntas.

Este correu escadas acima à frente deles e a princípio recearam que se estivesse a dirigir ao sótão com a ideia de esconder os anéis mágicos que restavam. Mas não havia motivo para preocupações. No que ele estava a pensar era na garrafa que tinha dentro do guarda-fatos, metendo-se dentro do quarto e trancando a porta. Quando voltou a sair (o que não tardou muito) estava de roupão e tentava equilibrar-se a caminho da casa de banho.

— Consegues ir buscar os outros anéis, Polly? — perguntou Digory. — Eu quero ir ver a minha mãe.

— Muito bem. Até já — respondeu Polly, subindo as escadas que conduziam ao sótão.

Digory levou um minutos a recuperar o fôlego e depois dirigiu-se ao quarto da mãe sem fazer barulho. Lá estava ela, como a vira tantas outras vezes, encostada às almofadas, com um rosto magro e pálido, que dava vontade de chorar só de olhar para ele. Digory tirou do bolso a Maçã da Vida.

E, tal como a Bruxa Jadis parecia diferente no nosso mundo, também o fruto do jardim da montanha tinha um aspecto diferente. É claro que havia toda a espécie de coisas coloridas no quarto: a colcha da cama, o papel de parede, a luz do Sol que entrava pela janela e o lindo casaquinho de dormir da mãe, de um azul-pálido. Porém, no momento em que Digory tirou a maçã da algibeira, todas essas coisas lhe pareceram quase incolores. Cada uma delas, até mesmo a luz do Sol, parecia fraca e acinzentada. A luminosidade da maçã projectava estranhas luzes no tecto. Não valia a pena olhar para mais nada, nem se podia olhar para mais nada. E o cheiro da Maçã da Juventude dava a ideia de que havia no quarto uma janela que abria para o Paraíso.

— Oh, querido, que linda! — exclamou a mãe de Digory.

— Vais comê-la, não vais? Por favor — suplicou o rapazinho.

— Não sei o que o médico dirá — respondeu ela. — Mas tenho a impressão de que não me irá fazer mal.

Digory descascou o fruto, cortou-o e deu-lho aos bocadinhos. E, mal o tinha terminado, a mãe sorriu, afundou a cabeça na almofada e adormeceu; o seu sono era verdadeiro, natural, suave, sem necessitar de nenhum medicamento, o que era, como Digory sabia, o que ela mais desejava no mundo. Nessa altura teve a certeza de que o rosto dela estava um pouco diferente. Curvou-se, beijou-a docemente e saiu do quarto, pé ante pé, levando o caroço da maçã, com o coração a palpitar. Durante o resto do dia, sempre que olhava para as coisas que o rodeavam e via como eram vulgares e desprovidas de Magia, mal ousava ter esperança; mas, quando se recordava do rosto de Aslan, a esperança regressava.

Nesse dia, ao anoitecer, enterrou o caroço da maçã no quintal das traseiras.

Na manhã seguinte, quando o médico fez a sua visita habitual, Digory inclinou-se sobre o corrimão da escada para escutar. Ouviu o médico sair com a tia Letty e dizer:

— Miss Ketterley, este é o caso mais extraordinário que já vi em toda a minha carreira. É como... é como um milagre. Não diga ainda nada ao pequeno, pois não quero criar-lhe falsas esperanças. Mas, na minha opinião... — depois a sua voz tornou-se baixa de mais para Digory a poder ouvir.

Nessa tarde Digory foi até ao jardim e fez o assobio secreto que tinha combinado para chamar Polly (que não tinha podido sair na véspera).

— Há novidades? — perguntou ela, inclinando-se por cima do muro. — Quero dizer, a respeito da tua mãe.

— Penso... penso que ela vai ficar boa — respondeu Digory. — Mas, se não te importas, preferia não falar nisso por enquanto. E os anéis?

— Já os tenho todos. Olha, não há problema. Estou de luvas. Vamos enterrá-los.

— Sim, vamos. Marquei o sítio onde enterrei ontem o caroço da maçã.

Então Polly saltou o muro e foram juntos até ao sítio indicado. Mas, afinal, Digory não precisava de o ter marcado. Já estava qualquer coisa a aparecer. Não crescia como as árvores novas de Nárnia, mas já estava bem acima do solo. Foram buscar uma colher de jardineiro e enterraram todos os anéis mágicos, incluindo os que tinham em seu poder, num círculo em redor da árvore.

Cerca de uma semana mais tarde já era certo que a mãe de Digory estava a melhorar. Daí a quinze dias já conseguia sentar-se no jardim. E, um mês mais tarde, toda a casa se tinha tornado diferente. A tia Letty fazia tudo de que a mãe gostava: as janelas estavam abertas, as cortinas foram afastadas para tornar os quartos mais claros, havia flores por toda a parte e coisas melhores para comer, o velho piano foi afinado e a mãe recomeçou a cantar, e eram tais as brincadeiras com Digory e com Polly que a tia Letty dizia: «Só te digo, Mabel, que pareces a mais miúda dos três.»

Quando as coisas correm mal, verificamos que, durante algum tempo, vão piorando; mas, quando começam a correr bem, regra geral, tornam-se cada vez melhores. Decorridas seis semanas dessa vida agradável, chegou uma longa carta do pai de Digory, que estava na Índia, com notícias surpreendentes. O tio-avô Kirke, que era muito velhinho, falecera, o que significava que o pai era agora muito rico. Ia reformar-se, regressar da Índia e ficar com a família para sempre. E iriam morar para a enorme casa no campo, de que Digory toda a vida ouvira falar, mas nunca vira; a casa enorme, com as armaduras antigas, os estábulos, os canais, o rio, o parque, as estufas, as vinhas, os bosques e as montanhas por detrás. De modo que Digory se sentiu tão certo como vocês estão de que iriam os três viver felizes para sempre. Mas talvez gostassem de saber mais uma ou duas coisas.

Polly e Digory foram sempre grandes amigos e ela ia passar todas as férias na linda casa de campo; foi lá que aprendeu a montar, a nadar, a ordenhar vacas, a fazer pão e bolos e a trepar às árvores.

Em Nárnia, os animais viveram em grande paz e alegria e, durante muitas centenas de anos, nem a Bruxa, nem qualquer outro inimigo conseguiram perturbar esse reino aprazível. O Rei Frank, a Rainha Helen e os filhos viveram felizes em Nárnia e o seu segundo filho tornou-se Rei de Archenland. Os rapazes casaram com Ninfas e as raparigas casaram com Faunos e Deuses dos Rios. O candeeiro que a Bruxa plantara (sem o saber) brilhava dia e noite na floresta, de modo que o lugar onde cresceu passou a ser chamado Ermo do Candeeiro; e, quando, muitos anos mais tarde, outra criança do nosso mundo chegou a Nárnia, numa noite de neve, encontrou a luz ainda acesa. E essa aventura esteve, de certo modo, ligada com as que acabei de vos contar.

Foi assim: a árvore que nasceu do caroço da maçã que Digory plantou no quintal viveu e cresceu, tornando-se uma beleza. Por crescer no solo do nosso mundo, longe do som da voz de Aslan e do ar puro de Nárnia, não dava maçãs capazes de restituir a saúde a uma mulher moribunda, como acontecera com a mãe de Digory, embora as suas maçãs fossem mais belas do que quaisquer outras em Inglaterra e extremamente saborosas, apesar de não totalmente mágicas. Mas no interior, na seiva que nela corria, a árvore (por assim dizer) nunca esqueceu essa outra árvore de Nárnia à qual de certa forma pertencia. Por vezes agitava-se misteriosamente quando nenhum vento soprava; julgo que, quando isto acontecia, havia vento forte em Nárnia e a árvore inglesa estremecia porque, nesse momento, a árvore de Nárnia baloiçava e oscilava fustigada por um vendaval vindo de sudoeste. Contudo, mais tarde provou-se que ainda havia magia no seu tronco. Pois, quando Digory era já um homem de meia-idade (nessa altura um professor culto e famoso e um grande viajante) e a casa dos Ketterley era propriedade sua, houve uma grande tempestade que varreu todo o Sul de Inglaterra e derrubou a árvore. Como não podia suportar a ideia de a mandar abater para fazer lenha, Digory aproveitou parte da madeira e mandou fazer um guarda-fato, que pôs na sua grande casa de campo. E, embora ele mesmo não soubesse das propriedades mágicas desse guarda-fato, houve quem as descobrisse. Isso foi o início de todas as idas e vindas entre o Reino de Nárnia e o nosso mundo, que vocês poderão ler noutros livros.

Quando Digory e a família foram viver para a grande casa de campo, levaram o tio Andrew, pois o pai de Digory dizia: «Temos de tentar impedir que o velhote faça disparates e não é justo a pobre da Letty ter de estar sempre a olhar por ele.» Enquanto viveu, o tio Andrew nunca mais se meteu em magias. Tinha aprendido a lição e, na velhice, tornou-se uma pessoa mais simpática e menos egoísta do que antes. No entanto, gostou sempre de levar as visitas para a sala de bilhar, a sós, e de lhes contar histórias acerca de uma senhora misteriosa, uma estrangeira da realeza, a quem certa vez conduzira de tipóia por Londres. «Tinha um feitio dos diabos», costumava dizer, «mas era uma bela mulher, sim senhor, uma mulher bela como tudo.»